行きつ戻りつ死ぬまで思案中

垣谷美雨

双葉社

目次

行きつ戻りつ死ぬまで思案中

装幀　大路浩実
装画　前田なんとか

「お金ならいくらでもあるの」と語った彼女

さっきスーパーで買ってきたポンカンが不味《まず》くて、いま絶望のどん底にいる。

やはり高い方を買うべきだった。ほんの百五十円の差をどうして私はいつもケチってしまうのだろう。子供たちもとっくに独立し、私の本も少しだが売れ出したので、高い方のポンカンを買うくらいの余裕はあるのだ。だが、子育て期に骨の髄まで染み込んだ節約癖がどうやっても抜けない。その金銭感覚は予想以上にしつこかった。

いつの日か、高い方のポンカンを迷いなくレジカゴに放り込める日が来るのだろうか。

あと六個もある。甘みも酸味もないが、捨てるのももったいない。

深い溜め息をついたとき、ふとSさんを思い出した。

——私ね、お金ならいくらでもあるの。

初対面にもかかわらず、Sさんはそう言った。微塵《みじん》も自慢げではなく、事実を語ったまで、といったふうだった。

二泊三日の「女性限定ひとり旅・北海道ツアー」に参加したときのことだ。

バスを降りてラベンダー畑へ行く途中、路上でサクランボが一パック五百円で売られていた。

大ぶりの容《い》れ物だったから、かなり割安感があった。他のツアー客も同じ思いだったのか、誰しもその露店の前で一瞬立ち止まるが、「やっぱり無理だ」という顔になり、しぶしぶ通り過ぎた。一人で食べるには量が多すぎたし、今日がツアー最終日というのなら、お土産《みやげ》として買って帰ってもいいが、その日はまだ初日だった。

ラベンダー畑を見学した帰り、再びサクランボの露店の前を通った。私はまたしてもチラリと見やり、しつこく燻《くすぶ》る残念な気持ちを抱えたまま、何十台もの観光バスが待機する広大な駐車場へと向かった。

バスに乗り込んで通路を奥へ進んでいったとき、一足先にバスに戻っていたSさんの膝の上に目が留まった。

「二パックも買ったの？」

気づけば声が大きくなっていた。

「私は見て欲しいと思った物はすぐ買うようにしてるから」とSさんは平然と言った。

「多すぎない？」

「だって私、果物大好きだもん。それに、お金ならいくらでもあるの」

予想外の返答に一瞬言葉を失った。

今まで会ったことのないタイプだった。私にも大金持ちの友人がいるが、Sさんのように臆面もなくそれを披露する人はいない。

そのあと立ち寄った土産物屋でのSさんの買い方もすごかった。北海道には美味しいものが多いから、たくさん買いたい気持ちはわからないでもないが、それにしたってそんなに多くの友人や知人がいるのかと羨ましくなるほどの大量買いだった。

Sさんが宅配便の伝票を何枚も書き続けている背後を通り過ぎ、私は「白い恋人」の小さいのを数箱と、好物の鮭の昆布巻きを自分用に一つだけ持ってレジに向かいながら、妙な劣等感に包まれていた。

そのツアーの参加者は二十名ほどで、七十代の女性がほとんどだった。そんな中、五十代後半の私は若い方だった。Sさんも私を同世代と見たのだろう、気づけばいつも傍にいて、食事のときは隣に座るようになっていた。

「よく旅行するの?」

私はSさんに、当たり障《さわ》りのない話題を振った。

「ジムに通う以外することがないから旅行三昧《ざんまい》よ。今年のお正月は娘を呼びだして二人でハワイに行ったの」

「年末年始は高いでしょう?」

「うん、すごく高かった。旅行会社に払った分だけで三百万円もした。私はビジネスクラスしか乗らないからさ」

相変わらずサバサバした言い方だった。

だけど、どうにも腑に落ちないのだった。お金持ちの奥様然としていないからだ。かといって高給取りのキャリアウーマンにも見えない。

勝手な解釈だが、雰囲気からして自分と似た境遇に思えるのだ。同じ時代を生きてきて、育った家庭環境も、その後の人生も似たり寄ったりの、つまり平凡な庶民の道を歩んできたように映った。


翌日は「十勝千年の森」へ行った。

ツアーガイドによれば、ここでしか買えないアイスクリームがあるという。珍しい品種の牛で、頭数が少ないからすぐに売り切れるらしい。そんな説明を聞いていたので、早速Sさんと二人で丘の上の店まで買いに行った。

「えっ、一個五百円もするの？」

Sさんはそう言って驚き、私の方を振り返って「どうする？　買う？」と尋ねてくる。

それまでの言動からSさんがお金持ちだとわかっていたので、この反応は不思議だった。ハワイ旅行で三百万円以上も使い、いつもビジネスクラスに乗り、欲しいと思った物はすぐに買う人だ。

「私はこのアイスクリーム、買うよ。ガイドさんが珍しい牛だと言ってたから」と私は答えた。

日頃から、珍しいと聞けば何でも試してみることにしていた。小説の中のどこかのシーンで使えるかもしれないと思うからだ。

私がアイスクリームを注文し、財布から五百円玉を出してトレイに載せたとき、Sさんは慌てたように言った。

「割引券はどうしたの？　さっきガイドさんからもらったでしょう？　失《な》くしちゃったの？」

そういえばそうだった。バッグの中から探し出して店員さんに渡すと、隣でSさんは満足そうにうなずいた。そして彼女も五十円割引券を出し、「私も一つ」と言って買った。

店を出てベンチに並んで座り、アイスクリームを食べた。

「五百円もするのに、この味はない」と、Sさんはきっぱり言った。

私のリアクションが遅れると、「ねえ、そう思わない？」と畳みかけてくる。

「うん、まあ確かに〇〇の方がずっと美味しいとは思うけど」

私は有名メーカーの名を出した。

「だよねえ、これで五百円は高いでしょ」と、意外としつこい。

Sさん、あなた、お金持ちじゃなかったっけ。

ビジネスクラスしか乗らないんだよね？

だがしかし……と思い直した。いくらお金があったとしても、その商品が適正な価格かどうかを判断する目は大切だ。

それでもやはり……。

――あなたはお金持ちなのか貧乏なのか、いったいどっちなんですか。

白黒つかず、なんだか落ち着かなかった。

けれども、アイスクリームを食べ終える頃にはSさんに対する違和感が消えていた。こういったタイプの人間を、どこかで見たことがあると思い出したからだ。

それは考えてみるまでもなく、私の母だった。

先日帰省したときのことだ。押し入れの中に、座布団十枚セットが二つあるのを見つけた。

「もうこれ、要らないんじゃない？」

色あせて古びていたし、これらとは別に、仏間の隅には分厚くて立派な座布団が積み重ねて置かれている。

「確かに要らんな」と母。

「だったら捨てたら？」と私。

「でももったいないしなあ」

「だけど、もう使わないんでしょう？」

「うん、使えへんわなあ」

「だったら捨てればいいじゃない」

「でも、やっぱりもったいないしなあ」

押し問答を繰り返し、気が変になりそうだった。

母は絶対に捨てようとしなかった。頭では不要だとわかっていても、感情が追いつかないように見えた。まるで身を切られるようなつらさがその表情から窺《うかが》えるのだった。

その座布団は、呉服屋に誂《あつら》えてもらったものだ。都会育ちの人や若い人には馴染みがないかもしれないが、一昔前までの田舎ではよくあることだった。呉服屋で生地を選び、座布団の分厚さや大きさを選んで仕立ててもらう。中身はポリエステル綿ではなく真綿だ。十枚セット二つで、いったいいくら払ったのか、尋ねるのも恐ろしかった。

母だけではない。昭和の時代に高度成長期を生きてきた人々は、一億総成り上がりだ。かつて日本人は倹《つま》しく暮らしていて、物を大切にし、壊れたら何度も修理して使っていた。そのときの記憶があるから、使わなくなったものでも捨てられない。だが、右肩上がりの世の中が続いたから買い物が楽しくてどんどん買ってしまい、家に物が溢《あふ》れるようになった。そして使い捨て文化も拍車をかけた。

だから、捨てられないのに買いまくるといった悪循環が生まれたのだと思う。

座布団だけではない。実家の二階には、母が買いまくった大量の着物と、納戸にしまいきれないほどの茶道具がある。仕付け糸がついたままの着物を何枚か見つけたときは呆れた。私も姉も着物は着ないし、茶道の心得もない。しまい込まれたこれらの物たちはどうなるのだろう。

もしかしてSさん、あなたも成り上がりですか？

親世代同様、ある日いきなりお金持ちになったのではないですか？

そんな失礼なことを尋ねるわけにもいかないから、ベンチに座ったまま目の前に広がる美しい森を黙って眺めていたら、Sさんが身の上話を始めた。

Sさんの実家の母親は、五年前に誤嚥《ごえん》性肺炎で亡くなった。その後、父親を介護するためSさんは仕事を辞めたのだが、半年もしないうちに父親も亡くなった。そして今度は夫の膵臓《すいぞう》癌が見つかった。以前から腰が痛いと言っていたが、忙しさにかまけてなかなか病院に行かず手遅れになり、夫も亡くなってしまった。

そう語ったあと、「人間て、ほんといつ死ぬかわかんないね」と、締めくくった。

「欲しいと思った物をすぐ買ったり、ビジネスクラスに乗ったりするのは、いつ死ぬかわからないと思っているから?」

そう尋ねると、Sさんはうなずいた。

でも、百歳まで長生きするかもしれないよ、と私が言うと、

「長生きなんてしないよ。この前の定期健診ではどこも悪いところはなかったけど、いつ交通事故に遭うかわからないからね」と、Sさんは言った。

ジムで鍛えているというSさんは、きびきびと歩き、軽やかに走り、私の何倍も体力があるのは一目瞭然だった。すらりとしていて手足が長くてカッコいい人だった。細身のパンツが似合っていて羨ましい。

——人間いつ死ぬかわからないから今を楽しまなきゃ。

もしも私がSさんのように家族を立て続けに失ったら、私もこうした考えになるのかもしれない。

その後もSさんの身の上話が続き、実家を売り、夫や娘と暮らした家も売り、今はマンションの小ぶりな部屋で一人暮らしをしているという。

私は老後の資金を題材にした小説や、バブル崩壊後に住宅ローンに苦しむ人々の小説を書いたことがある。若い頃から不動産のチラシを丹念に見るのが好きだったし、自分自身も老年期に入りかけていることもあって、Sさんの経済状態をいろいろと想像した。

夫婦で貯めた老後の資金も一人で使えるし、遺族年金も入るのだろう。そして、家も高く売れたに違いない。というのも、私と似たり寄ったりの平凡な境遇だと感じていたが、唯一異なる点は、彼女が地方出身者でないことだった。

私は方言が好きなせいか、微妙なイントネーションの違いに敏感だ。上京して何十年と経つ人でも、アクセントの違いなどで地方出身者とわかることがあった。だけどSさんには訛《なま》りが一切ない。つまり田舎の家ではなく、地価の高い東京の家を二軒売ったということだ。

人の一生というのは、何歳になっても先が見えないものだと思うようになった。つい最近までは、五十代にもなれば先が見えてしまい、いまさら後悔したってすべてが手遅れだと感じていたが、それは間違いだと気づいた。

中高年になってから、それまでの生活が一変することは少なからずある。誰かの死によって自由や財産を手にすることもあるし、逆に貧困に陥って精神的にボロボロになることもある。子供たちが独立したのをきっかけに熟年離婚する人もいる。

政府も最近になって「生涯未婚率」という言葉を使うのをやめた。以前は、五十歳で未婚なら一生涯未婚だと決めつけていた。だが、今や五十代以上の婚姻率が上がっている。何歳になっても、誰しも何が起こるかわからないのが人生らしい。

腹十三分目

――残さず食べなさい。

――好き嫌いをしてはいけません。

こういった類のことを、私は幼い頃から今日に至るまで、誰にも言われたことがないように思う。だからか、自分の子供たちが幼かったときも言わなかった。

私には学校給食を食べた経験もない。生まれ育ったのが小さな城下町で、端から端まで歩いても十五分くらいだ。それもあってか、小学生のときは昼になると全校生徒が一斉に自宅へ帰って家族と昼食をとった。そして午後の授業に間に合うように、また一斉に学校に戻ってきた。中学はお弁当だったし、高校は麺類中心の小さな食堂があるにはあったが、ほぼ全員がお弁当持参だった。

そういった事情だから、給食を全部食べ終えるまで居残りなどという目に遭ったこともなければ、見たことも聞いたこともなかった。子供の頃の思い出話として給食の話をする人が多いが、私はいつも聞き役で想像するしかなかった。

どうして今更そんなことを思い出したかというと、つい最近、夫が妻に「食べ物を残すな」と命令する場面に連続して立ち会ってしまったからだった。

衝撃を受けたので、昨日のことのように覚えている。

最初は七十代の夫婦だ。私と三人で、新宿の料理屋で鴨鍋を囲んでいたときだった。

「まだ残ってるぞ」と、ダンナさんが奥さんを睨みながら言った。

「もうお腹いっぱいで食べられないよ」と、奥さんが答えた。

「もったいないじゃないか」と、ダンナさんがなおも言う。

「あなたも少しどう？」と、奥さんが私の方を向いた。

「無理。私もお腹いっぱい」と、私はにべもなく断った。この時点で、自分のことを冷たい人間とも思わなかったし、「にべもなく」という自覚もなかった。単に満腹という事実を述べただけだった。だって、そのあと奥さんが強制的に食べさせられるなんて夢にも思わなかったから。

冬になると家でも頻繁に鍋をするし、会社員時代の飲み会で鍋料理が出たことだって何度もある。だけど、白菜一切れ残さず平らげた状態を見たことがなかったから、多少の差はあれども残るのが普通という感覚でいた。

——はい、それでは、ご馳走様。

そう言って三人とも箸を置くと思っていた。

だが、ダンナさんは、「ほら、そこ、まだ残ってるだろ」と奥さんに完食を強要した。

そんな人を、私は生まれて初めて見たのだった。

そして次の瞬間、奥さんは鍋に残った具をおたまで全部掬《すく》い上げ、自分の皿に入れて食べ始めた。苦しそうな横顔だった。

この夫婦とは四十年来のつきあいで、それまで私はダンナさんを穏やかで優しい人だと思っていた。それ以前に、こういった男性がこの世にいることを、この歳になるまで知らなかった。夫婦間に限らず、親子間や先輩後輩などの上下関係があるところでは、こういった理不尽なことがたくさん起こっているのだろうか。

よその夫婦のこととはいえ、気が滅入り、何日間か気持ちの切り替えができなかった。今これを書いている最中も、思い出しただけで鬱《うつ》になりそうになる。

——たったそれだけのことで、あなたは甘いわよ。私たちの世代がどれだけ夫に我慢して生きてきたと思ってんのよ。

そう言って嗤《わら》う、団塊の世代以上の女性たちもいることだろう。

だけど私はダンナさんに対して、「もったいないと思うなら、あなたが食べればいいじゃないの」と言いたい気持ちでいっぱいだった。

そんなことがあった翌月、偶然カフェで隣のテーブルに座った若いカップルにも衝撃を受けた。二人はランチを既に食べ終えた様子で、女性は席を立とうとしていた。そのときだ。「まだ残ってるだろ」と、男性はバスケットに入っているフランスパンを指さして言った。もうお腹が苦しい、というようなことを女性が言ったが、男性は容赦しなかった。うろ覚えだが、「またそんな子供じみた言い訳を」「行儀が悪い」「どういう躾《しつけ》をされてきたんだ」などと言って、彼女を非難した。

カフェのランチに添えられるパンは別に食べなくてもいいのだが……。飲み物も全部飲むのが常識だと彼は言い、一滴も残っていないコーヒーカップをひっくり返して見せた。

どんな面構えの男か、顔を見てみたい衝動にかられたが、ぐっと我慢してコーヒーを飲みながら、耳をそばだてた。

その後も彼は、農家の人の苦労や、調理する人の手間暇、そして自分はいかに両親に厳しく躾けられて育ったかを長々と説明し、「僕が君を躾け直してやるよ」と言った。

支配欲が透けて見えて、鳥肌が立つ思いだった。

この女性が自分の身内だったら、私はこう言うだろう。世の中には何かというと、話せばわかると助言したがる人がいるけれど、骨身に染みついた考え方はなかなか変わらないと思うと。

料理を残す残さないの話ではなく、嫌がっているパートナーを従えようとする自分勝手な正義感に、私は気味の悪さを感じた。

恋愛関係も友人関係も親子関係も、あるがままの自分でいられることが最も大切だ。相手を変えようなんて決して思ってはいけない。その人とは今日にでも別れた方が、自然体の自分でいられる。

そう考えているとき、彼女はお金をテーブルの上に置いて別れ話を切り出し、走って店を出ていった。男性は追いかけようとしたが、レジで足止めを食らった。

そんな光景を思い出し、ネットで検索してみると、「妻が外食で残すので苛々する」というのがたくさん引っかかった。「育ちが悪いね。どういう躾をされたのか」という回答がたくさんあった。

農家の人の苦労云々や料理人の手間云々というのは、何度聞いても胡散《うさん》臭く感じる。満足に食べられない時代を経験した親が、「もったいなさ」に耐えきれず、子供に言って聞かせる常套句《じょうとう》としか思えない。

嫌いなものは食べなくてもいい

私が子育てをした時代は、育児雑誌もSNSもない時代で、松田道雄著『育児の百科』を子育てのバイブルとする知り合いが多かった。私も母からプレゼントされ、常に傍《かたわ》らに置き、何かあるたびに読み返した。

いわゆる『家庭の医学』の育児版だが、情緒的なことも数多く書かれていた。食べ物の好き嫌いについての項もあった。「食事は楽しむものであるから、嫌いな物を無理に食べさせようとしたり、厳しく叱ったりして、子供にとってつらい時間にしてはならない」というようなことが書かれていた。

ストンと胸に落ちた。私自身が子供の頃は好き嫌いが多かったのにもかかわらず、前述したように両親に叱られたことはなかった。だから著者に言われずとも、嫌いな物を無理に食べさせるといった考え自体がもともとなかった。

とはいえ、野菜は全部嫌いだとか、肉も魚も卵も豆腐もダメだというような極端な嗜好は栄養が偏《かたよ》るから放ってはおけない。だが、「肉は嫌いだがエビと豆腐は好き」というのならいい。蛋《たん》白質《ぱくしつ》が取れているならそれでいいじゃないかと、大雑把《おおざつぱ》に構えて子供を育てた。

幼い頃無理やり食べさせられたことで、見るのも嫌だと今でもピーマンを目の敵《かたき》にする友人がいる。その一方、私は大人になってからは何でも食べられるようになった。

誰だって口に合わない食べ物が一つや二つあると思っていたし、嫌なら残せばいいと思っていた。それなのに、偶然にも、うちの子供たちは好き嫌いなく育ってしまい、友人や保育園の先生から「躾が行き届いていてすごいですね」と褒められたことが何度かある。「躾なんて何一つしてないんですけどね……」と正直に言っても謙遜と受け取られるばかりで、戸惑った。躾と称して無理やり食べさせるような母親だと思われたくなかった。

学校給食の設備のない小中学校に通ったことは却って幸せだった。同学年でも身体の大きさが違ったり、食の細い子と大食漢がいたりするであろうに、同じ量を残さず食べさせることの意味がわからない。だが、そんなのは遠い昭和時代のことだと思ってネットで調べてみたら、今でもよくあることだというので驚いた。私には無理に食べさせることが虐待やイジメにしか思えない。

そもそも腹八分目くらいが身体にいいのではなかったか。最近では、健康長寿や認知症予防のためには腹七分目がいいと言われている。

――世界には満足に食べられなくて飢えている子がたくさんいます。そういった可哀想な人々のことを考えて、残さず食べましょう。

こういうことを真面目な顔で説く大人がいる。

無理して残さず腹十三分目まで食べても、飢えている難民たちの助けにはなりませんよ。胃の調子が悪くなるだけです。

日本は国民一人当たりで計算すると、アジア一の残飯大国だと言われている。世界では六位だそうだ。農林水産省が食品ロスの削減にやっと腰を上げ始めたところだ。食品が大量に廃棄される映像を見る度、もっと力を入れてほしいと思う。

最近の私は、レストランに行ったときも、パスタなら「麺少なめでお願いします」と言うようになった。以前に同じ店で大量に残して、レジでお金を払うとき、「お口に合いませんでしたか?」と尋ねられたことがあったからだ。そういうこともあって、寿司屋に行ったときも、「ご飯小さめでお願いします」と前もって言うようにしている。ピザは食べきれない量のことが多いが、店員に尋ねて持ち帰りOKとわかれば、あとはゆったりした気持ちで味わえる。

ツアー旅行に参加したとき、戦前生まれの「もったいない世代」の人でさえ食事を残す人が多いことに気がついた。

アメリカでは信じられないほど大量の料理が出てくる。ロブスターの付け合わせとして、ブロッコリーが一人に一株添えられていたこともあった。そして食後に出てくるのは脳ミソがとろけそうなほど甘いデザートだ。全員が一口だけでフォークを置いた。旅行中は日頃に増して体調に気をつけているからだろう。

✤ アベノマスクは捨てました

安倍さん、そのマスク小さすぎますよ。

子供用ですか？

まさか、今おつけになっているのと同じのを全国民に配るつもりじゃないでしょうね。

そもそも布マスクなんて配る必要ありませんてば。

見切り発車してもう注文しちゃったんですか？

だったら工場に今すぐ電話して一回り大きいサイズに変更するよう指示してくださいよ。今のままじゃ鼻を隠したら顎が出るし、顎を隠したら鼻が出ちゃうじゃないですか。左右も大きな隙間が空いているからマスクの意味ないですよ。

それとね、いまどきのマスクはみんなプリーツがついています。さもなければ立体裁断が普通ですよ。最低でもどちらかの形にしてください。

たったこれだけのことを安倍首相に進言する人間が、周りに一人もいなかったのだろうか。天からタダで降ってくるのならまだしも、莫大なお金がかかる。見ると、他の閣僚たちは大判の使い捨てマスクを使っていて、首相と同じ小さな布マスクをつけている人はひとりもいない。

確かまだ三十代の若い大臣もいたはずで、

――安倍さん、オレ、そんなカッコ悪いマスク、つけられないっスよ。妻にバカにされます。

それくらいは軽いノリで言ってもらいたかった。

シモジモの者はお殿様を不機嫌にさせないよう常に気を遣い、さらには自分自身が目をつけられて馘《くび》にならないよう何も言わないのか。

たぶん私は、そういった集団に身を置いた経験がない。

――これは明らかにおかしい。このまま黙っていたら大金をドブに捨てることになる。

それを全員がわかっているのに、誰ひとり忠告しないなんて異常事態だ。

自分の財布から出さないとなれば、こんなにもいい加減な金銭感覚になってしまうのだろうか。

――届いたマスクが汚れていた。髪の毛が付着していた。

たくさんの苦情が寄せられた。そのニュースを聞いて、まだ自宅に届いていない段階で使いたくないと私は思った。

情報番組では、司会者やコメンテーターが「懐かしいマスクです」「私は顔が小さいからちょうどいいです」などと必死に褒めているのを見て不信感を抱いた。なぜそこまで政府を庇《かば》うのかがわからない。

国民の怒りを鎮《しず》めて、世の中が暗い方へ向かうのを阻止しようとしているのか。それは公共電波の役割や責任を考えてのことなのか。

この布マスクの予算があれば、家のない人を格安ホテルやカプセルホテルに何泊もさせられる。

国家経済の仕組みを私は詳しくは知らない。今まで赤字国債を際限なく発行してきて、国の借金残高が千兆円を超えている。だが経済界から危惧する声があまり聞かれない。となれば、家庭経済の感覚で危ぶんでいる私が間違っているのだろう。今まではそう考えて、無理やり納得しようとしてきた。

それなのに、ここに来て休業要請に対して政府はなかなか補償金を出そうとしなかった。そして、その理由は赤字国債をこれ以上増やすと国家が危うくなるからという経済学者もいて不安になった。

私の不安に追い打ちをかけたのはドイツだった。今回思いきった額の赤字国債を発行したことが話題となり、ドイツはそれまで赤字国債がゼロだったことを私は初めて知った。

——大丈夫ですよ。日銀が買い入れ目標などのメッセージをきちっと出したうえで、財務省がしっかりコントロールすれば、追加で五十兆くらいの赤字国債は全く問題ないですよ。

テレビで別の経済学者が明るい調子でそう言った。

えっ、たったの五十兆円？　聞きようによっては、それ以上の金額なら問題があるとも取れる。既に千兆円も国の借金があるのに、全く意味がわからない。

こういうのを聞いて、成否を判断できたり、自分なりの意見を自信を持って言える人って、日本にどれくらいいるのだろう。経済学者も評論家も確信を持って発言しているのだろうか。

私の身近にいる高齢者たちは豊かな老後を送っている人が多い。高度成長期やバブルのときに多少の贅沢《ぜいたく》も楽しんだが預金もせっせとしたからだろう。そういった道を国家も同じように辿《たど》ってきたはずなのに、なぜか国には多額の借金がある。いざというときに預金がないと、家庭なら苦しい状況に追い込まれるが、国なら大丈夫なのか。

――財政投融資があるから全然大丈夫ですよ。

情報番組でそう言った大学教授がいた。本当だろうか。

そういったことも含めて、政府がテレビカメラに向かってわかりやすく丁寧に説明すべきではないだろうか。それとも私のような意見は、「教養のない輩が文句ばっかり言ってる」と足蹴にされて終わりなのか。国民に安心を与えるのは政府の大切な仕事だと思うのだが。

断捨離もいいけど備蓄もね

マスク、消毒液、ビニール手袋……。

そういった衛生用品を、家庭に備蓄しておかなければならないなんて考えたこともなかった。

大地震に備えての、水や食料や懐中電灯など防災用品しか頭になかった。

私は花粉症なので、毎年早春からマスクを使い始める。いつも買うのは百円ショップで売られている三十枚入りのものだ。フィット感、大きさ、清潔感、すべてにおいて気に入っていた。

――新型コロナウイルスのせいでマスクが売り切れている。

そんな噂を聞いた時点で、家には残り十枚しかなかった。慌てて近所の店を回ったがどこも売り切れで、ネットで探すと、いつもの百円の品が三千円で出品されていた。

慌てて実家に連絡して、マスクを送ってほしいと頼んだのは、二〇二〇年の二月四日のことだった。母が薬局やスーパー（うちの田舎に百円ショップはない）を何軒も回ってくれたが、既に品薄だった。

普段から多めに買っておくんだったと後悔しても、もう遅い。

各家庭に十分な買い置きがあれば、買い占める人もいなくなる。そうなると、メーカーの在庫を速やかに医療関係者に届けることができる。例のアベノマスクのように公的機関が配るとなると、時間がかかるうえに、莫大な資金と人手が必要になる。

今回のことで、各個人の買い置きが、想像以上に大切だと痛感した。家に予備があると思うだけで気分が落ち着く効果も侮れない。

マスクが日々値上がりしていく。そんなニュースを見ているうち、戦中戦後を描いたドラマを思い出した。お金があっても食料が手に入らなかった時代だ。お金を持っている都市部の人より、畑で大根やジャガイモを作っている農民の方が飢えを凌《しの》げた。

物の値段が需要と供給のバランスで決まることは、頭ではわかっている。だが、マスクや消毒液の容赦ない値上げを目にして薄ら寒い思いがした。戦後すぐの頃のように、食料を奪い合う日が来るかもしれない。

何年か前、お椀型のN95防塵《ぼうじん》マスク十個入りを買ったことがある。インドに旅行しようとネットで天気を確かめたとき、「重度の大気汚染」と出ていたからだ。中国だけでなくインドも冬場は石炭で暖を取るらしい。

そのマスクは数分で頬にくっきりと跡が残るほどのきつさだった。すぐに息苦しくなり、箱ごと捨てた。だが、今回の感染騒ぎで、医療従事者が一日中つけているのを知った。防護服にしても、脱水症状を起こすほど暑いらしい。そのうえ長時間労働となれば、どれほど疲弊しているのかと心配になる。

いま自分にできることは何だろうと考えた。なるべく感染しないよう外出を控えることくらいしか思い浮かばない。

——冷蔵庫は小さいので十分です。近所のスーパーを冷蔵庫代わりにいたしましょう。

断捨離ブームで物を持たないミニマリストが流行って何年も経つ。

去年、冷蔵庫を買い替えたばかりだった。子供たちが独立したことで、小さいので十分かと迷った。だが風邪を引いて寝込んだときなどを想定し、まとめ買いして冷凍しておける大きめのを買った。

新しい冷蔵庫は性能が良くなっていた。省エネは言うまでもなく、野菜の鮮度が長い間保たれることを知って感激した。

だからスーパーへ行く回数を減らした。十日に一回だ。行った日は必ず刺身を買って、その夜に食べる。途中で足りないものがあればコンビニや八百屋で済ませることにした。混雑したスーパーに入ると、三密から来る恐怖と緊張で疲労感が半端ないからだ。

今までは、家の中に無駄な物があるのが嫌で、余分なものはすぐに処分してきた。

だが、こういう事態になってみて、備蓄すべき物の種類を広げてみようと考え始めた。

別れ際は必ず笑顔で

床にスーツケースを広げて荷物を詰めた。

着替え、歯ブラシ、スリッパ……中身は旅行のときと似ている。

いつか新型コロナウイルスに感染するかもしれない。病院か軽症者用ホテルに隔離されることを想定した。元気なうちに用意しておいた方がいい。高熱が出てからだと、きっとまともな準備はできないだろう。

隔離ホテルで出される弁当をテレビで見た。八割が炭水化物で総菜は茶色一色だ。

ああいうのを食べ続けたら、体調を崩す予感がした。荷物の中にビタミン剤も入れておこうか。

きっと鬱々とするだろうから、お菓子も甘いのと辛いの両方を準備しよう。のど飴とコーヒーと紅茶は必須だ。本当なら果物やトマトなんかも持って行きたいけれど、前もって入れておくわけにもいかないし……などと試行錯誤した結果、スーツケースは広げたままにしておいて、日々思いついた物を足したり引いたりしていくことにした。

これまでになく体調に気をつけるようになった。コホンと一回咳が出ただけで感染したのかと心配になる。風呂上がりに湯冷めしないよう、明け方に寝冷えしないよう細心の注意を払う。季節の変わり目で寒暖差が大きいから、カーディガンを着たり脱いだり忙しい。

――思うように外出できず、我慢ばかりでつまらない。

そんな思いで暗い日々を送るより、

――私は絶対に感染しない。

そう暗示をかけて無理やり前向きになることに決めた。

家に閉じこもってばかりいるとストレスが溜まるが、老化や病気で思うように外出できなくなったときの予行演習ととらえることにした。大地震や富士山噴火が起こった場合の自宅サバイバルの練習だと思えば、さらにやる気が出てきた。

懐かしいジャニス・イアンの曲を聴きながら、普段あまり読まないジャンルの本を読み、写真を整理してブスに写っているものを捨てた。レンチンだけでできる料理を何品かマスターし、ご無沙汰している友人知人親戚にメールや手紙を送ってみた。

一日に一回は外の空気が吸いたいので、人通りの少ない道を散歩した。周りに誰もいない場所でマスクを外したら、もう初夏の匂いがしていた。確か昨日は春の匂いだったのに。

マスクをつけていると、季節の移り変わりがわかりづらい。風を感じるのは顔の皮膚なのだと知った。

――別れ際は必ず笑顔で。

これは心しておきたい。

陽性が出て入院したら、それっきり家族には会えない。そしてそのまま亡くなったら骨になるまでお別れもできず、遺族に深い悲しみを与える。

家族や友人との別れ際は、「行ってらっしゃい」「また今度ね」と必ず笑顔で言おうと思う。

喧嘩したままだったり、ひどいことを言ってしまったのに謝る機会を逃したままだったりすると、相手が死んだとき一生後悔するかもしれない。電話を切る直前も同じだ。今の時代は、メールの文言にも気をつけなければと思う。

私は咄嗟に笑顔を作るのが不得手だから、怒っていると勘違いされたり、「怖い」と言われることもあるから要注意だ。

これが誌面に載る頃には、「今さら何なのよ。コロナ騒ぎなんかとっくに終わったのに」という世の中であったらどれほどいいかと思う。

✤リアリティとは何か

以前勤めていた会社の後輩女性から新刊の感想をもらった。

「先輩が書いた『リセット』を読んで、女の嫉妬深さや陰湿さの表現が上手で、さすがだと思いました。やっぱり女同士って、陰で何を言われているかわかったもんじゃないですね」

私はぽかんとした。

「えっと、それは何のこと？　『リセット』の中に、女同士の陰湿な足の引っ張り合いなんて場面が出てきたっけ？」

著者である私が質問してしまった。

今度は相手がきょとんとしている。

「いやだ。書いてあったじゃないですか。そもそも女三人の物語なんだし、女同士ってなんだかんだ言ってアレですよね」

アレって、なに？

私は女の集まりが陰湿だという発想自体なかったので、予期せぬ感想だった。どの箇所に書かれてあったか聞くと、

「服装の趣味が悪い女が出てくるでしょう。それを陰で馬鹿にして笑う場面ですよ。女って表面上はニコニコしているけど陰険ですよね」

確かに、裾《すそ》のぐるりに浮世絵がプリントされた洋服を着た女性が登場する。毅然とした秀才だが、服装のセンスだけは最悪だ。それをユーモアたっぷりに描いたつもりだった。それを見た女性が、変な服だと感じる描写があるにはあるが、馬鹿にしたという狙いはなかった。

主要な登場人物は女性三人であり、性格も境遇も能力もそれぞれ異なっているが、私から見れば三人とも必死に生きる真面目な人物であって、彼女らの間に陰湿なものなど欠片《かけら》もないつもりだった。

百歩譲って、私の文章が下手なせいで陰湿に感じたとしても、長編の中でその部分はほんの数行だった。それでも後輩女性にとっては最も印象に残る部分であったということだ。

『リセット』を書いたのは、デビューして間もない頃だったので、私に表現力が足りないから読者に誤解を与えているに違いないと思い、そのときは反省した。

私はネットの「読書メーター」をときどき読む。

——ストーリーがうまくいきすぎ。

——あり得ない。

——リアリティがない。

そういった批判をときどき目にすると、実際にあったことだと言い訳をしたくなることも多かった。それどころか、世間でもよくある事例で、決して珍しいことではない場合もある。それなのに、どうしてリアリティがないと言いきる人がいるのだろうか。

十年間モヤモヤして、次の考えに行きついた。

一般的にいって、小説というのは、著者の経験や性格が如実に反映される。だがそれだけではなかった。書き手だけでなく、読み手の性格や考え方も色濃く浮かび上がってくるのだ。

読者は自分の都合のいいように解釈して読んでいる。リアリティがないと決めつけるのは、読者が知っていることや想像できる範囲を超えているということだ。そして自分の考えと一致するところを見つけては共感し、その部分が強く印象に残る。その証拠に、同じ書物を読んでも若いときと中年期では感じることが大きく異なることがある。

二十代の頃は「なんて鋭い著者なのだろう、本当に人生勉強になる」などと感じ入ったはずの小説が、四十代になって読み返してみると、「なんと軽薄で浅慮な著者だろう。長年だまされていた気分だ」と言いたくなったことがあった。

そして、拙著『老後の資金がありません』のレビューの中で、「リアリティがない」と批判する、対極にある二つの感想を見つけた。

ひとつは、

——老後の資金として千二百万円も預金があるなんてセレブの話だ。我々庶民からすればかけ離れた世界だ。リアリティがない。

もうひとつは、

――これまでずっと共働きだった五十代の夫婦の蓄えが、たった千二百万円しかないなんてどう考えても変。リアリティがない。

万人にリアリティがあると思われるのは難しいらしい。

✤ 嘘じゃありません、本当に私がやったんです

ある雑誌から取材を受けたときのことだ。

このことは友人に話したので、昨日のことのように覚えている。

取材時は写真も撮るというので、何を着ていこうか考えた。あの雑誌なら、手芸や洋裁に関する記事が多いに違いない。だったら、自分で刺繍《ししゅう》したカーディガンを着ていこうと閃《ひらめ》いた。

ホテル内のミーティングルームには、女性編集者Aさんと、女性ライターBさん、カメラマンの計三人がいた。こちらは版元の女性編集者と私の二人だ。

新刊に関するインタビューが終わったあと、雑談の雰囲気になったので、「このカーディガン、私が刺繍したんですよ」と言った。

返事がなかった。

再度言っても沈黙が流れたので、「下手で恥ずかしいんですけど」と、緊張しながら言った。謙遜ではなかった。本当に下手だと思っていたからそう言った。図面も下描きもなしで、いきなり刺し始める我流だった。

通販で買った安価な黒地のカーディガンだが、胸一面に色とりどりの花や葉を刺繍したら、一気に華やかになった。知り合いの中には、一点物の高級品に見えると持ち上げてくれる人もいた。

Aさんから「手芸教室に通っていたんですか」と、やっと声が発せられた。

私が通ったことはないと答えると、

「だったら無理です。習ってもいないのに、そんな刺繍ができるわけがありません」と、Aさんは切り捨てるように言った。

Aさんの唐突な否定に驚いたが、自分で刺繍したと、私は繰り返し言った。

「絶対に無理です」と、Aさんは決めつけた。

私は唖然とした。

——なんて失礼な人だろう。

そう思って頭にくれば、もう少し楽な気分でいられたのかもしれない。

だがそのときの私は惨めな気持ちになり、叱られた子供みたいに一生懸命言い訳をした。

「そういえば小学生のとき、家庭科で習いました。仲良しだった子と刺繍の本を見て試行錯誤しながら、小さな巾着袋の表と裏にたくさん刺繍をしたことがありました」

「その程度の経験だけでは無理です」

　またもやAさんは切り捨てた。

　そのときBさんが優しい笑顔で、「素敵ですね。そのカーディガンも写真に載せましょうよ」と言った。

　Aさんの顔色を窺うと、渋い顔をしていたのではらはらした。私よりずっと年下なのに、Aさんには気を遣わざるを得ない雰囲気があった。

「写真に撮りたいので、脱いでいただいてもいいですか?」と、にこやかにBさんが言った。

　机の上に置いたカーディガンを、Bさんと男性カメラマンが話し合いながら、色々な角度から撮った。

「そういえば、このチュニックも……」と、言わなきゃいいのに私はまたしても余計なことを話し始めた。もとはワンピースだったが、裾上げをした。胸のところが広く開いていたので、長袖だったのを七分にして、切り落とした袖を広げて縫いつけたのだと。

　またもや返事がない。

　言わなきゃよかった。

「へえ、すごいですね。そのチュニックのことも書きましょうよ。写真も撮りましょう」と、Bさんが Aさんに言ってくれたが、Aさんは返事をしない。

　この二人のやり取りから、Aさんは出版社の正社員で、Bさんは実際に記事を書くフリーライターだろうと想像した。どの出版社の取材でも、ほぼその組み合わせだからだ。つまり上下関係があるのか、Aさんが「うん」と言わないと、Bさんは書けないのかもしれないと思った。

取材が終わり、ホテルから家までとぼとぼと歩いて帰った。奈落の底に突き落とされたような気分のままだった。

台所の流しの前で立ったままコーヒーを飲みながら、今日の出来事を振り返ってみた。

まず思ったのは、Aさんは私のことが大嫌いだということだ。昔から私は余計なひと言を言ってしまったり、物言いがストレートだったりして、嫌われることがあった。小学生の頃から直そうと努力してきたが、今も直らない。

だけど今日は思い当たる節がなかった。初対面だったし、インタビューの受け答えの中でも、Aさんの気分を害するようなことを言った覚えがない。それとも私が気づかないだけで、何かが癪に障ったのだろうか。

思い当たる節があればまだ救われるのだが、ない場合は、なかなか落ち込みから這《は》い上がれないのはいつものことだ。そういう場合、自分を救ってくれるのは「日にち薬」だったり、仕事に没頭することだったりする。

とはいえ、考え込まずにはいられなかった。

きっとAさんは、私が書いた小説がもともと嫌いなのだ。好みでもない本を、仕事とはいえ褒めまくる記事を載せる作業は大変だろうと思った。そう思って同情しかけたが、いや、そんなことはたいしたことじゃないとすぐに思い直した。

私が会社に勤めていたときは、人間関係を始めとして、耐え難いことはたくさんあった。Aさんも似たような経験を日々しているだろう。そういったことに比べれば、嫌いな作家にインタビューすることぐらいどうってことはない。私はインタビュアーにパワハラやセクハラをする作家でもない。

それにしても、なぜ私はこれほど落ち込んでいるのか。早めに立ち直るためには心の中をじっくり解剖する。十代の頃からそうしてきた。原因がはっきりすると、精神的にぐっと楽になるからだ。

次の瞬間、落ち込みの原因がわかった。Aさんに、全人格を否定されたような気持ちになったからだった。

Aさんの態度を言い換えたら、

――あなたは嘘つきです。誰かに刺繍してもらったか、最初から刺繍してある服を買ってきたかのどちらかに決まっている。

そう言われているのも同然なのだ。

そして、私のおどおどした態度を見て、Aさんは確信を深めたに違いない。

――やっぱりこの人は嘘をついていた。思った通りだ。

その考えに行きついた途端、屈辱感でいっぱいになり、一生誰にも会いたくない気持ちになった。

しかし、私はひとつも嘘をついていないと思い直した。

Aさんは手芸に興味がなく、経験がなかった。我流で刺繍するのは理解の範疇《はんちゅう》を超えていたのだろう。だからAさんにとってリアリティがなかっただけのことだと。

❖私はイタイ人間です

陶芸教室やスポーツジムで知り合った人々によく聞かれるのは職業で、そのときも、どんよりした気分になることがある。

「どんなお仕事なさってるの?」と聞かれると、言葉に詰まる。

ここで嘘をつくと、あとで突っ込んだ質問が来たとき早々にバレる。そしたら気まずくなって、通い続けるのがつらくなる。

ちょっと文章を書いてます、と言ってごまかそうとしても、

「そんなのでお金になるの? 例えばどんな文章? タウン誌か何かで店の紹介とか?」などと、私が辟易《へきえき》するほど根掘り葉掘り聞いてくる。

あきらめて、「小説を書いてます」と答えると、みんな一様に押し黙ったあと、疑わし気な目

で見る。

プロの小説家の人数は、思っている以上に多い。普段まったく小説を読まない人は、頻繁にテレビに顔出ししている少数の作家しか知らない。

そして、「かわいそうな女」という目で私を見るのもいつものことだ。

「出版するような本なの？」

「普通の本屋に並んでいるの？」

「ペンネームは何ておっしゃるの？」

情報収集かと思うような質問が続く。

垣谷美雨だと答えると、

「悪いけど知らないわ。あなたたち、知ってる？」

そこにいた全員が一斉に首を横に振る。

「小説っていうけど、小学生向けの話とか？」

「童話なんでしょ？」

「児童文学じゃないの？」

これもよく言われることだ。そのジャンルなら簡単に書けると思っていることに、毎度のことながら驚く。

大人が読む小説だと答えても、その場ではみんな「ふうん」と相槌《あいづち》を打つが、不審な顔つきは変わらない。

趣味程度なのに自称小説家を名乗る「イタイ人」だと言われているようで居心地が悪かった。

下手すぎる菓子折の包み方

お世話になった方に差し上げるため、デパートで菓子折を二つ買った。

今まで菓子折を贈るときも、もらうときも、包装紙できちんとラッピングされた物ばかりだったから、店員の「このままでよろしいですか？」という質問は初めてだった。

不思議に思ったが、これまで通りラッピングと熨斗《のし》をお願いした。

店員はおどおどした様子で、「少々お時間をいただきたいので、その間、他のお店など見て回っていただいてもよろしいでしょうか」と言った。

それまでの経験から、店員がその場ですぐに包んでくれると思っていたので少し驚いた。店員は彼女一人しかいなかったが、客の少ない時間帯で、商品を見ている客も会計待ちの客もいなかった。どう見ても、忙しそうには見えなかった。

そのときの私は、立っているのもしんどいくらい疲れ果てていて、他の店を見て回る元気がなかった。けれど彼女にそれを言うのも気が引けて、「わかりました」と言って店を離れた。

普通の人の半分くらいしか体力がないのを自覚しだしたのは中学生の頃だ。その頃から体力を無駄に消耗しないよう気をつけて生きてきた。だが、人一倍せっかちで、頭の中では常に効率を考えているので、ついつい「まとめて」「ついでに」用を済ませようとして、倒れそうになることが多かった。この日も、離婚経験のある友人を訪ねて取材したあとで疲れていた。

急ぎじゃないんだから、菓子折を買うのは別の日にすべきだったと後悔しながら、デパ地下をとぼとぼと一周した。そのあと元の店に戻り、店員が覚束《おぼつか》ない手つきで一個目を包装しているのを見たとき、その場にへたりこみたくなった。会計を済ませていなければ、逃げ出したいところだ。

これ以上歩きたくなかったので、柱にもたれて、陰から店員の背中をぼうっと見つめた。

一個目が終わり、二個目に入ったが、ああでもない、こうでもないと包装紙の上に置いた箱の向きを変えている。そして、ハサミで包装紙を切り始めた。包装紙の端を折り畳んで処理するのではなく、切り落とす人を私は初めて見た。

映画などによく出てくる、「ねえ、まだなの？　さっさとしてよ」とばかりにショーケースを人差し指でコンコンと叩いて無言の圧力をかける場面を想像した。ああいったことができるならどんなにいいだろうと思ったが、私にそんな勇気はない。それでも早くしてほしいと言いたい気持ちはあったが、そのときの私は上品なワンピースを着ていたので我慢した。

仕方がないので、デパ地下をゆっくりともう二周した。

再度店に戻ると包み終わっていたが、その出来栄えに絶句した。

東京に出てきて約四十年、そういう包み方を初めて見た。幼稚園の子が包んだのかと思うような稚拙《ちせつ》な出来だった。敢《あ》えて小学生と言わないのは、小学生にもなれば器用な子がいるからだ。

小学生の頃、物を包むのが好きだったので、空き箱を利用して包む練習をしたことがある。それもあって私はきれいに包めるので、余計にひどく見えた。

絶望的な気持ちで持ち帰り、テーブルの上に菓子折を二つ並べて眺めた。どう見ても、よそ様からもらったものを一旦開けてから再び包み直したとしか思えなかった。なぜそうするかというと、包装紙の下にある熨斗に送り主の名前が書かれているからだ。その熨斗を外し、いかにも自分で買ってきたと装って使いまわす。私の親世代は、日本中が中元歳暮の全盛期だったから、親がそういうのをもらうのを何度も見てきた。

自分で包み直せないか考えた。包装紙に折り線がついてしまっているが、低温でアイロンをかければ消えるだろう。テープはそっと剝《は》がせば跡は残らない。

だけど、やはり無理だと気づいた。店員が、箱を包めるぎりぎりの大きさまで包装紙を切ったので、包み直すとしても同じようにしか包めない。包装紙を小さく切りすぎたせいで、端が剝がれないようにあちこちに目いっぱいテープを貼っている。タオルなどであればいいが、食べ物となると、このご時世では未開封の清潔感が大切だ。

ああ、せめてもっと日持ちするものを買えばよかった。

仕方なく一箱は家で食べ、もう一つは友人とお茶するときに持参し、訳を話してプレゼントした。

店員のほとんどが正社員だった時代があった。人数も多く、社内研修もしっかりしていたのだろう。あの当時は信頼して任せることができた。

だが今では、人手不足の皺寄せが店員と客に向く。デパートは経営困難になり、店員を増やすのも難しい。新人は修練を積む前に店に立たされるから、不慣れでテンパってしまう。そうなると客からクレームが来ることも増えるだろう。あの店員にしても、たった一人で店番を任せられて緊張しっぱなしだったかもしれない。そしてストレスが溜まり、早々に辞めてしまう可能性もある。悪循環だ。

翌週、別のデパートへ出かけた。

先週の件があったので、同じことが起きないよう、店員の様子に気をつけながら店内を歩き回った。

どこからか威勢のいい声が聞こえてきた。デパ地下だというのに、八百屋みたいに呼び込みをしている中年の女性店員がいた。見ると、ノルマがあるのかと思うくらい、口八丁手八丁であろうと思われるギラギラした目つきで客を見ていた。

この人に決めよう。

「これ二つください」

「お熨斗はどうされますか」

堂々とした見事な愛想笑いを見てほっとした。

「お世話になった人に……」

店員は私に最後まで喋らせることなく言った。「では『御礼』にいたしましょうね。お名前は入れますか?」

「いえ、結構です」

「それでは少々お待ちくださいませ」

手品師かと見紛《みまご》うような手さばきで、寸分の隙《すき》なく、それも素早く、きれいに包んでくれた。

お陰様で、その夜はぐっすり眠れました。

私は走って店から逃げました

コートを買おうとしたときのことだ。

袖が長かったので、会計前にお直しをお願いした。そしたら、五十歳前後と思《おぼ》しき女性店員が言った。

「最近はクリーニング店でもお直しをやってくれるところがありますよ」

彼女の言わんとするところがわからなかったので、「へえ、そうなんですか」と相槌を打ちながら、「袖をこれくらい短くしてください」と頼んだ。

今までお直しを頼むと、二つ返事で了承されたことしかなかったので、それが普通だと思っていた。しかし彼女は、

「クリーニング店に頼まれたらいかがですか？」と、またもや繰り返した。

「このお店では、お直しは頼めないんですか？」

「いえ、そういうわけでは……」

そう言いながら、彼女はのろのろと抽斗《ひきだし》から針山を出した。そして、矯《た》めつ眇《すが》めつ袖を眺め出した。上目遣いで私をちらちらと見て目が合うと、今にも泣き出しそうな気弱な笑顔を向けた。

彼女の挙動不審に私は首を傾げた。

彼女は待ち針の刺し方を知らなかった。左の袖に運針の要領で何本も刺してから、右袖にも刺し始めた。彼女の顔に「こんな刺し方でいいのかな」と書いてある。

今までの店員は、片方にだけ刺した。左右の袖に待ち針を刺す店員を私は初めて見た。客がテニスの選手か何かで、腕の長さが左右でかなり違う、というのならわかるけど。

それに、今までは手慣れた動作で最低限の待ち針を打つだけだった。自分も家で袖を直すときは、片方にだけ待ち針を刺す。それも多くて二本だ。

この店員は、今日初めて刺したのでは？

勤め始めたばかりで、直しの注文を受けた経験がないだけでなく、客として買い物をするときも、袖の丈詰めを頼んだことがないのだろう。

だからクリーニング店で依頼するよう勧めたのか。

店には彼女一人だけで、他に店員は見当たらなかった。ベテラン店員が昼食か何かで持ち場を離れたときに、たまたま私が直しを頼んだのかもしれない。

彼女が待ち針に四苦八苦しているとき、別の客が店に入ってきた。注文しておいたものを取りにきたらしく、店員は「少々お待ちください」と言ってから奥へ引っ込んだ。

彼女の背中が見えなくなった途端、私は不安になった。

——この店で直しを頼むのはまずい。仕上がりが不格好でも、いったん直した物は返品できない。出来上がりにクレームをつけるのは面倒だし、勇気がなくて言いだせない可能性も高い。そのあと悶々とするだけでも気力を使い果たして、翌朝は起き上がれない。となると、仕事にも家事にも影響が出る。

次の瞬間、私は待ち針がついたままのコートを素早く脱いでショーケースの上に置き、踵《きびす》を返して店を飛び出した。背後から声をかけられそうで、二度と振り返らなかった。

店員に声をかけるべきだとわかっていたが、時間を取らせたので言い出せなかった。袖先にファーのトリミングがついていてお洒落な形だったから、直しを失敗したら悲惨なことになると思ったし、私にしては滅多にない高価な買い物だった。

こういった自分の非常識な行動を思い出すたび嫌な気持ちになる。

次回からは、店員の対応に不安になったときは、店員の目を見て、はっきり言おうと思う。

前回書いた菓子折の店員に対しては、

――そういった包装では、人に差し上げることはできません。すみませんが、返金していただけますか？

そして、今回のコートでは、

――寸法直しは初めてですか？　すみませんが、出来上がりに不安があるので今日は購入を控えます。

既に六十歳になったが、もういい加減、堂々と断れるようにならなければ。

いや、近い将来、百歳以上の人が十万人を超え、平均寿命が一〇七歳になると推計されているから、六十歳はまだひよっこだ。

英語ペラペラになりたかった

――エクスキューズミー。

英語が聞こえてきたので、声のする方を見た。ヒジャブを被ったインドネシア系と思われる二人連れの外国人が、日本人に話しかけているところだった。

——新宿駅東口へはどうやって行けばいいですか？

ヒジャブの女性が英語で尋ねた。

そこは南口にある新宿高島屋の前だったから、相手が日本人であっても東口への行き方を説明するのは難しい。結構な距離があるし、道順もややこしい。いっそのこと入場券を買って駅構内を通り抜ける方が手っ取り早いし迷わない。

尋ねられた日本人がどう答えるのかを聞いてみたい気もしたが、そのときは急いでいたので、その場を離れた。

駅へ向かいながら、自分ならどう答えるかを考えた。

——ゴー　ストレイト　アンド……。

いや、それよりも、この道をもう少し行ってから他の人に聞いてみてください、と言う方がいいかもしれない。だが、それを英語でどう言えばいいのか。迷った挙句「ソーリー　アイ　ドント　ノウ」と言いそうだ。

バンコクのレストランで会計したときのことだ。レジの女性が英語で値段を言ったが聞き取れなかった。何度も聞き返すと、彼女はメモ用紙を出して数字を書き、大きな溜め息をつきながら私を見た。

——英語を話せないのは仕方がないとしても、あなたは数を英語でどう言うのかも知らないのか。我がタイ王国では子供でも知っているのに。

そう言われているようで悲しかった。

そのメモ用紙を見て、ようやく気がついた。私が学校で習った「セブン」を彼女は「セッ」とだけ言い、「シックス」は「シッ」、「ファイブ」は「ファ」と言っていたのだ。それを早口で「セッシッファ」と言われたので、私にはわからなかった。彼女らは学生時代に、聞いたままの英語を学校で教わったのだろうか。

私にも発音記号を熟知していた時代があったが、今や何の役にも立たない。「アン　アップル」を「アナポ」、「ウーマン」を「ウォマ」、病院は「ホスピタル」ではなくて「ハスピトゥ」と発音することなら知っているのだが。

英語を母語としない人々の英語は、英米人の英語よりもさらに聞き取れない。アエロフロート（ロシアの航空会社）の客室乗務員のロシア訛《なま》りの英語や、中国の土産物店での店員の英語など、どれも全く聞き取れなかった。だが不思議なことに、彼女らの話す英語は英米人には通じているのだった。

日本の英語教育が実践的ではないと思うとき、英語の授業や自宅学習に費やした膨大な時間が徒労だったと感じる。若い時期の柔らかな脳ミソを無駄遣いし、いったい何百時間かけて勉強してきたのかと悔しくてたまらなくなる。

英語ができる人が羨ましかった。もしも日常生活に支障がないほど英語が話せたら、年中世界旅行をしている。私も帰国子女になりたかった。なぜ私は外国人が一人もいない田舎で生まれ育ったのか。

高校時代、同世代のアメリカ人の女の子と話をしてみたいと、田舎で夢見ていた。それも客室乗務員が話すような、その場ですぐ終わる会話レベルではなく、日頃考えていることや悩んでいることなどについて、突っ込んだ話をしてみたかった。そういった高度なレベルを望んでいたのに、現実は道を尋ねられただけで慌てている。

外国語の学習には時間がかかる。どれくらいかかるのかは、学びたい言語と母語がどれほど語源的に離れているかによるという。

アメリカの国務省では、外国に職員を派遣する前に、短期集中的に言葉を習得させるという。簡単な順に第一～第四グループに分けられる。

英語を母語とするアメリカ人にとって最も早く習得できる第一グループは、フランス語、スペイン語、オランダ語、イタリア語、スウェーデン語などで、習得までにかかる時間は最も短い。

第二グループは、ドイツ語、スワヒリ語、インドネシア語などだ。

第三グループは、インドーヨーロッパ語族の系統で文法的にも近いギリシャ語、ヒンディー語、ロシア語、ヘブライ語、トルコ語など。

そして第四グループは、日本語、中国語、韓国語（朝鮮語）、アラビア語で、習得するのに最も時間がかかる（二千二百時間）。その中でも日本語が最も難しいと言われていて、日本語と英語は語源的に最も遠い距離にある。逆も真なりで、日本語話者が英語を習得するときにも同じくらいの時間が必要と言われている。

二千二百時間と言われても、それがどれくらいの時間なのかがピンとこない。

日本の公立中学高校の六年間で、英語の授業は八百時間ある。人によっては、その他に予備校や自宅学習などがあるとはいうものの、本来二千二百時間をかけなければ習得できないとしたら、そもそも全然足りない。中高大と長きに亘って勉強してきたのに、という私の考えは甘かったらしい。

日本人よりも、中国や韓国や東南アジアの人々の方が英語の習得が早いと聞くと、悔しくなる。だが、日本の英語教育だけが問題ではなく、日本語だけで生きていける日本の環境が影響しているとも言われている。

日本以外のアジアでは、自国の企業に就職できなかったり、自国の企業を信用できなかったりで、外資系の企業に就職したがる傾向がある。

例えばインドネシアでは、アメリカに本店のあるシティバンクと自国の大手銀行であれば、迷う余地なくシティバンクに就職するが、日本ではシティバンクとみずほ銀行であれば、みずほ銀行を選ぶ人が多いという。つまり、日本以外のアジア諸国では、英語の習得が死活問題であり、日本人とは必死さが違う。

最近、予備校のテレビコマーシャルを見た。英語のリスニング授業風景の中、男性講師が、

「ask him」を「アスクヒム」ではなく「アスキン」だと言い、「聞こえないんじゃなくて、最初から言ってないんだ」と力説する場面がある。

英語は母音だけ強く発音することが多いうえに、無声音や破裂音を日本人はうまく聞き取れないから、まるで言っていないように聞こえる。

だが、あのときのタイ人のレジ係は本当に言っていなかったと思うし、「シッ」だけでは「6」だと認識できない私は、予備校講師の言うように割り切った覚え方をしなければならないと知った。

できれば中学の授業で、「stop」は「ストップ」ではなく「スタッ」、犬は「ドッグ」ではなく「ダッ」と聞こえるのだと教えてもらいたかった。

「アンダースタンド」のような長い単語なら私でも聞き取れるのだが……。

そして、ヒアリングテスト用の教材は、日本人にも聞き取れるように、ゆっくりはっきり発音しているのであって、実際の英米人の普段の話し方は、この何倍も速いのだと教えてほしかった。そういった予備知識なしに聞き取るのは困難だ。

それとは逆に、話すときの発音は何とでもなる。「ストップ」と言っても「ドッグ」と言っても、英語話者は理解してくれる。

英語を話せる人は約二十億人と言われているが、英語を母語とする人は二割しかいないという。フランス人はフランス訛りの英語を話し、ドイツ人はドイツ訛りの英語を話す。中国人、フィリピン人もしかり。

問題はそれではない。しつこいようだが、話せないことではなく、聞き取れないことが問題なのだ。

なんであんなに早口で話すんだろうね、まったく。

最後まではっきり発音しなさいよ。

アメリカ人はいいよね、英語が話せて

英語が国際共通語とされているのが腹立たしい。

だってアメリカ人であれば、世界中を気軽に旅をすることができるのだ。他国の言語を気遣うことなく、どこに行っても当然のように英語を話し、それどころか世界中にあるスターバックスでコーヒーを飲み、ヒルトンホテルに泊まり、たまに昼食をマクドナルドかサブウェイで済ます。まるで、どこにいようと母国にいるかのごとく快適に過ごせるのだ。

それに比べて英語が話せない私は、外国へいくたび四苦八苦する。

地球上には様々な民族がいて様々な言語がある。そんな当たり前のことを理解していない英米人もいて、英語ができないだけで見下す者もいる。LとRの発音ができないことを、文明が遅れ

た国の出身者だと言いきる輩《やから》もいる。

世界の共通語が日本語なら、どんなにいいだろうと夢想することがある。

どの国に行っても、堂々と日本語を話し、通じないときは、「日本語もご存じないんですか？通じる人を呼んできてください」などと偉そうに指示する。

そして、世界中にある（以下も夢想です）エクセルシオールカフェでコーヒーを飲み、ダイワロイネットホテルに泊まり、椿屋珈琲で明太子スパゲッティセットを食べて、昼はモスバーガーで簡単に済ませる。

中国は、それを現実のものにしようとしている。アフリカを中心に、授業料無料の中国語学院をあちこちに作っているのを見ると、中国語を世界の共通語にしようと目論《もくろ》んでいるのではないかと思う。

日本語を流暢《りゅうちょう》に話す米国人タレントを見る度に、自分の努力不足を棚に上げていても始まらないと反省する。日本人が英語を習得するより、欧米人が日本語を習得する方が難しい。というのも、歴史的に見て移民の流入が多い国では、何百年にも亘って少しずつ言語が簡略化され、誰にでも使いやすい言語になっていく。だから英語は最も簡単な言語だと言われている。

だが、日本語は複雑なままだ。日本語がどれくらい難しいかは、Ａｍａｚｏｎでキッチン用品を買おうとしたとき、レビューを読んでそう思った。

不自然なほど夥《おびただ》しい数のレビューが載っているときは、たいがい中国人が書き込んだ不正なものだ。中国人が日本語を習得するのは、漢字を使う関係もあって比較的簡単だと言われている。だが文法は正しくても、微妙な言いまわしの違いで日本語が母語ではないことが容易にバレる。それほど日本語は難しい。

だが英会話ができなくても外国旅行はできる。都市部であれば地下鉄が整備され、行先表示には必ず英語が添えられているし（読むことはできる）、レストランではメニューを指さすだけでいい。飛行機とホテルは日本にいるときに予約しておけばいいし、グーグルマップがあればどこへでも行ける。いざとなれば翻訳ソフトを使えばいい。

とはいうものの、やはり英語ができると安心感が格段に違う。

そういえば、スマートフォンが普及してからというもの、道を聞かれることがめっきり減った。この前も学生時代の友人がうちに遊びにきたが、グーグルマップを頼りに迷わず到着した。駅まで迎えに行くなんて、もう遠い昭和のノスタルジーの世界になった。

そして聞くところによると、最近の翻訳ソフトはＡＩの導入により同時通訳くらい高速となり、精度も格段に上がったという。

そうであれば、中高の英語の授業をもっと実のある科目に変更した方がよいのかもしれない。

カタコトでもいいから英語で言ってあげてください

先日、区役所に行ったときのことだ。

住民課の待合室は人でごった返していた。ざっと二百人はいただろうか。肌の色は様々で、八割方が外国人だった。

それなのに、職員たちは徹底して日本語しか話さない。

——あなたは十三番だからね。ほら、この整理券に番号が書いてあるでしょ。

——呼ばれたら青い看板のところに行ってね。青いの、あそこ、ね?

言われた外国人たちのほとんどがキョトンとしていて、職員の言葉を理解していないように見えた。

見回してみると、天井から吊り下がった看板までが日本語だけだった。今や東京ではどこの駅でも英語と中国語と韓国語が併記されている。ここは外国人が特に多い新宿区役所本庁舎なのに、どうしてここにはないのか。

もしかして「十三番」を「サーティーン」と言うのが気恥ずかしいのか。

なぜ「青い看板」を「ブルーボード」と言わないのか。

同僚の前で下手な発音で英語を話すのが恥ずかしいのだろうか。

住民課を訪れる外国人にとって、きちんと手続きができるかどうかは死活問題だ。せめて翻訳ソフトを通して会話するとか、工夫してほしい。

漢字を捨てた国

コロナ禍で家にいるようになり、韓国ドラマの『冬のソナタ』を初めて見た。

その後、いま評判の『愛の不時着』も見た。韓国の財閥令嬢がパラグライダーを操縦中、誤って北朝鮮側に着陸してしまい、北朝鮮兵士と恋に落ちる物語だ。

以前からヨン様ブームはニュースで見て知っていたが、その頃は主役のペ・ヨンジュンが魅力的に見えず、日韓での美的感覚の違いに戸惑った。

その当時、「約束」という言葉が日韓で同じだと、まるで大発見でもあるかのようにテレビでしきりに言っていたので、きっと二国間に共通する言葉は珍しく、数えるほどしかないと思い込んだ。

だが今回、日本語字幕を目で追っているうちに、発音が日本語とは微妙に異なるものの、元を辿れば同じ漢語だと推測されるものが膨大な数に上ることに気がついた。例えば、「記憶喪失」

「奇跡」「正直」「安心」「秘密」など数え上げたらきりがないほどだ。

相手が中国人の場合、中国語が話せなくても、漢字で筆談すれば、思った以上に深い所まで話が通じると聞いたことがある。それなのに韓国やベトナムは漢字を捨て、韓国はハングルだけになり、ベトナムはラテン文字だけを使うようになった。

歴史を辿れば、韓国では中国文化の影響から脱するために漢字の使用をやめ、ベトナムはフランスの植民地になったことで漢字が廃止された。

日本語に置き換えて考えてみれば、本も新聞も教科書も、見渡す限り仮名しかない世界になったということだ。最初から漢字を使っていなかったのなら問題ないが、途中で使わなくなると不便に違いない。そのことが、ずっと以前から気になっていた。

NHKテレビで放送している中国語やロシア語やアラビア語などの外国語講座を見ることがあるが、どの国の言葉も発音が難しい。それらに比べれば、韓国語の発音は日本語に近いから言いやすいし聞き取りやすい。そのうえ日本語と語順が同じで、「に」「を」「は」に当たる助詞もあれば、「です」「ます」に当たる助動詞もある。つまり、韓国が今でも漢字を使っていれば、韓国語の習得はどこの国より格段に簡単だったろう。

ちょうど昨日、ベトナム語に翻訳された拙著『七十歳死亡法案、可決』が自宅に届いた。拙著のほとんどは韓国語の翻訳版が刊行されているため、韓国語を意識して登場人物の名前を決めるようになった。

例えば「時雄」と「登季子」の場合、日本人なら男性と女性だとわかるし、漢字の持つ意味や雰囲気やニュアンスが異なるから、ゴッチャになったりはしない。中国の簡体字や台湾の繁体字に翻訳されたときでも、漢字の違いだけでなく、日本語と違って読み方も似ていないから、日本人以上にはっきり区別できる。

だが、その他の外国語になると読者が混乱する。単なる「トキオ」と「トキコ」となり、たった一字の違いなのでわかりづらい。どちらが男でどちらが女かもわからないだろう。同一人物と捉《とら》えて、話の筋が途中でわからなくなる恐れもある。

というのも、韓国でベストセラーになった小説を何冊か読んだのだが、登場人物の名前が「イ・ハユン」、「イ・ソユン」、「イ・ナウン」などと出てきて、誰が誰だかわからなくなり、途中から人物を区別しないまま斜め読みしたことがある。韓国でも戸籍上の氏名だけは漢字を使っているから、翻訳者の人は原作者に問い合わせて、名前だけでも漢字表記にしてもらえないだろうか。

ふと、ワープロの変換能力に関する冗談が流行《はや》っていた昭和時代のことを思い出した。「キシャのキシャはキシャでキシャした」と入力したとき、「貴社の記者は汽車で帰社した」と一発で変換できれば、優秀なワープロというものだった。韓国とベトナムは漢字を使用しなくなったので、これら同音異義語は前後の文章から意味を推察するしか手立てがなくなった。それを様々に想像してみたとき、考えてみたところで意味を判断できない場合が多いことに気がついた。

例えば、「キシャで帰りました」となれば「汽車」だとわかるが、「キシャはきれいだ」と書かれていた場合、その「キシャ」とは何なのかがわからない。貴社の建物のことなのか、記者が美人か美男子だったのか、それとも汽車が九州の観光列車のように美しかったのか。いったい「キシャ」にはどの漢字が当てはまるのか、あれかな、これかなと考えてみることができるのは、そもそも私が漢字を知っているからだ。

——どんな漢字を書くのですか？

日本人は、会話の途中でわからない言葉が出てきたとき、こう相手に尋ねることが多い。漢字がわかれば、長々と説明してもらわなくても意味がわかる。

漢字が使われない際の問題点は不便なことだけではない。私なら抽象的な言葉を使わなくなるだろう。例えば「倫理」や「普遍的」や「畏怖」などだ。それらの漢字を全て仮名で書くとしたら、どんな意味かイメージできず、そのうち、そういった類の言葉を使わなくなり、哲学的なことを考えること自体が難しくなる。

本やネットで調べていくと、韓国は一九七〇年前後から漢字を使わなくなったことがわかった。そして次の例が引かれていた。韓国の月刊誌の記事からの抜粋だという。

「華僑資本の誘致は、済州観光開発の起爆剤役割は無論、第二の香港化の為の国際自由都市推進にも（以下略）」

これは日本語に直しただけで、実際にはすべてがハングルだけで書かれている。日本に置き換えると、「かきょうしほんのゆうちは～」と仮名で書かれているのと同じだから、わけがわからない。日本人の私は漢字だから意味がわかるのだし、知らない言葉でも漢字から推察できる。

私は「チンジャオロースー」は「青椒肉絲」、「ウーロン茶」は「烏龍茶」と書くことを知ってから、初めてそれらの名前を覚えられる。音だけでは、なかなか記憶が定着しない。

例えば「素粒子」が、「ソリュウシ」と仮名で書いてあったとしたら、私は何に関する話なのか見当もつかない。学校で言葉の学習をする際も、漢字なしで音だけで意味を覚えなければならない。つまり、シホンとは○○という意味で、キバクザイとは○○を表す……といった具合だ。もしも私が表音文字だけの国にいたら覚えられない。

そう考えると、ますます韓国でもベトナムでも漢字を復活させた方がいいと思うが、大きなお世話かもしれない。

我らが漢字文化

今や日本は漢字が残っている唯一の外国（中国から見て）となった。

単に残っているだけでなく、漢字を用いた新語が今も次から次へと生まれている。趣味としての漢字検定を受ける人も多いし、年末には「今年の漢字」を決める。

そして、明治時代には西洋の言葉を漢字に置き換えていった。「主義」や「哲学」を始めとして、「経済」「健康」「文化」「常識」など膨大な数に上る。

今の中国の熟語の七割は日本からの逆輸入だという。そもそも「中華人民共和国」の「中華」は中国語だが、「人民」と「共和国」は日本が西洋から取り入れて作った言葉というのは有名だ。逆輸入と言えば、中国ではとうの昔に読まれなくなった『論語』の解説書なども、日本で出版されたものを中国語に翻訳して中国で出版している。

こう考えていくと、日韓で共通する「記憶喪失」などの言葉も、漢語ではなく日本人が作った熟語である確率が高い。日々増えていく和製熟語を、今日でも中国や韓国は輸入しているはずだ。

元素記号でさえ「酸素」「窒素」などと自国の言葉に置き換えた国はまれだと言われている。よその国は英語のままらしい。

――あのインフルエンサーの言うことはエビデンスがはっきりしていてクールだ。ルックスもいいしリスペクトする。

外国語を何でもカタカナで表すのはやめてほしい。最近になって加速している。

インフォームドコンセントやアウトソーシングなど、日本語に置き換えようと思ったら簡単に「納得診療」だとか「外部委託」と思いつくのだから、わざわざカタカナ英語を使う必要はない。そもそも昔からアウトソーシングを「外注」と言ってきたではないか。

漢字があるからこそ新語が生まれる。コロナ禍で「除菌」という言葉がよく使われるが、これも漢字が存在しなければ「ジョキン」という言葉は生まれなかったと思う。こうやってひとつひとつの熟語を見ていくと、漢字の便利さがわかる。

——國破山河在。

「国破れて山河あり」と読めて、意味もだいたいわかる。

戦《いくさ》で負けたけれど、山と川は依然として変わらずそこにある。なんと、しみじみとした気持ちになることよ。

それがわかるのは訓読みがあるからであり、返り点を打った書き下し文を学校で習ったからだ。韓国とベトナムには、訓読みも書き下し文もないから、「國破山河在」は韓国語で「クック・パ・サン・ハ・ジェ」と読み、単なる「外国語」になる。私だったら習ってもすぐに忘れるだろう。

それよりもっと問題なのは、韓国もベトナムも史実を書いた文書にはすべて漢字が使われているから、現代人のほとんどが読むことができないことだ。だったら漢字なしの文章にさっさと書き換えて保存資料として残すべきなのに、両国ともやっていないという。

漢字が読めるインテリ層は既に高齢になり、彼らが鬼籍に入れば、歴史の研究が難しくなる。真実の追究が困難になり、互いに国同士が歩み寄るうえで弊害になる。

何百年も前の史実ならうやむやになったり、国家間での意見が食い違ったりするのもわかるが、先の戦争はそれほど昔のことではないし、まだ生きている人もいる。偏見も差別意識も排除した客観的情報を得るためには、多くの書物を読めるようにすることが大切だ。

韓国ドラマを見たのがきっかけで、頭の中は、漢字を廃止した国の暮らしに対しての疑問でいっぱいになってしまった。

遠くまで来てしまった

日本は安全な国だと言われる。

中でも、小学生が保護者の送迎なしで通学することが、誘拐の頻発する中国や欧米から見たら驚異的なことに映るらしい。だが私が子供の頃は、幼稚園にも一人で歩いて通っていた。近所の子と誘い合うこともなかったし、帰りもみんなばらばらだった。

私が幼少期を過ごした一九六〇年代を、「戦後すぐ」などと思ったことはなかった。洗濯機やガスレンジやテレビも普及していたし、町には戦争の爪痕など一つも見当たらなかった。

焼け野原になったのは東京などの大都市だけで、田舎には空襲はなかったと長い間、私は思い込んでいた。田舎でも、軍需工場や武器庫があった場所なら絨毯《じゅうたん》爆撃を受けていたことを知ったのは大人になってからだ。

私が生まれ育った小さな町には映画館が三つもあったが、テレビの普及で次々に潰れ、幼稚園児の頃は、町に一つしか残っていなかった。

当時はまだテレビの子供向け番組が少なかった。姉や姉の友だち（彼女は映画館の向かいに住んでいた）に連れられて、『モスラ』、『大魔神』、ろくろっ首や傘お化けなどが出てくる怪奇物をよく観にいった。

当時の私は、ザ・タイガースのジュリーの大ファンだった。ある日、ドリフターズとタイガースを聞き間違え、いつまで経ってもスクリーンにジュリーが登場せず、加藤茶といかりや長介ばかりが出てくるので、がっかりしたこともあった。

姉の友だちがモギリのお兄さんと知り合いだったので、最初に入場料さえ払えば、あとの出入りは顔パスだった。それをいいことに、上映の途中でお菓子を買いに走ったりした。しかし今思えば、姉といっても、まだ小学校低学年だったのに、親の同伴もなかったのだ。

幼稚園の行事で、甘茶をもらいに町はずれのお寺へ行ったことも忘れられない。見知らぬ場所だったのに、いきなり現地解散となった。さっさと帰ろうとする友だちを慌てて呼び止め、その友だちの近所にある私の親戚の家まで案内してもらった。そこからなら道順がわかるので、やっとのことで自宅に辿り着いたのを覚えている。今思えば、ものすごい遠回りだった。

小学校に上がり、冬になると日直がストーブ当番も兼ねた。早めに学校に行き、教室を暖めておかねばならない。新聞紙を丸めてマッチで火を点け、薪《まき》と石炭をくべる。そこに教師はいない。小学校一年生が二人だけでやるのである。

そして夜になると、町内の「火の用心」の当番があった。「マッチ一本火事のもと〜」と唱えながら拍子木を打ち、五、六人で夜道を練り歩く。全員が小学生で、そこにも大人はいなかった。あの子供時代は本当にあったのだろうか。幻を見ていたのではないかと思うときがある。あの頃は、やはり「戦後すぐ」だったのか。

マンガを読み倒した子供時代

子供が多い時代だった。

私は二人姉妹だが、隣近所はどの家も子供が三人か四人いた。うちの近所は女児が多く、小学校高学年のお姉さんたちがよく遊んでくれた。

幼稚園の頃は、町に貸本屋が二軒あり、近所のお姉さんたちが借りた漫画雑誌『なかよし』『りぼん』『少女フレンド』『マーガレット』などを毎月回し読みさせてもらっていた。

そのうち二軒とも潰《つぶ》れ、お姉さんたちも中学生になって疎遠になってしまったので、自分で本屋に行って買うようになり、小学生のくせにお金を使いすぎだと母に叱られた。

小学校四年生になったとき、担任の教師が漫画を読むのを禁じた。漫画は子供の成長に有害であるというのが当時の常識だった。

学級会のとき担任が、「あれだけ注意したのに、まだ漫画を読んでいる人、手を挙げなさい」と言ったので、クラスで私だけが手を挙げた。

「どうして漫画なんか読むの?」と問い詰められたので、「漫画を通して、道徳や友情や努力して生きることなどたくさんのことを学べるからです」というようなことをはっきり言ったら、担任が驚いた様子で、「そんな内容が描かれとるんか?」と言ったあと、黙ってしまった。

担任の反応から、少女漫画を読んだことがないらしいと感づいた。だったら今までどんな内容だと思っていたんだろう。子供を非行に走らせるような、禁止せずにはいられないような極悪な内容って、いったいどういうものを想像していたのか。大人が漫画を禁止する理由は、絵が邪魔をして想像力が広がらないからだと私は思っていたのだが。

印象に残っているのは、友情物語や母子の別れと再会、そして女子スポーツやバレエの物語などで、恋愛ものはなかったように思う。

どちらにせよ、その日以降、担任は漫画のことを口にしなくなったからいいのだが。

あれは私が四十歳くらいのときだったか、漫画家の里中満智子さんがコメンテーターとしてテレビにレギュラー出演されていた時期があった。

そんなある日、ふと疑念が湧いた。

この人、どうしてこんなに若いのだろう。私が小学校低学年のとき、既に漫画家だったはず。

私は小学校低学年の頃、『なかよし』での彼女の連載を毎月楽しみにしていた。私が当時七歳くらいだったとすると、私より三十歳くらい年上のはずでは？

だがテレビに映る彼女は、七十代に見えないどころか、私とさほど年齢が変わらないように見えたから計算が合わない。

不思議に思ってネットを検索してみると――。

えぇっ、私と一回りしか違わないって、どういうこと？

ネットの記事を読み進めると、漫画家としてデビューしたのが十六歳のときと書かれている。更に調べていくと、その当時の少女漫画家は高校生でデビューした人が多かったという驚愕の事実を知った。つまり私は、高校生のお姉さんたちに人生を教えてもらっていたのだ。

先生は若い方が良いと聞いたことがある。歳を取ると、幼い子供の気持ちがわからなくなるからなのか。

アメリカに憧れていた子供時代

イギリス映画『小さな恋のメロディ』が大ヒットしたのは、私が小学校高学年の頃だった。雑誌で見るトレイシー・ハイドの愛らしい顔立ちや、荘厳なイギリスの街並みが、欧米への憧れを一層かき立てた。主人公が私と同じ小学生だったこともあって是非とも観たかったのだが、町に一つだけ残っていた映画館も既に閉館していた。

その映画を観たのは大学生になってからで、背景にイギリスの貧困層の暮らしがあり、意外にも苦い味のする映画だと知った。この映画に出てくる小学生たちは、親の送り迎えもなく一人で通学していたから、この時代はイギリスもまだ安全な社会だったのだろう。

主題曲の「メロディ・フェア」を、今でもたまに街で耳にすることがあるが、途端に言いようのない切なさでいっぱいになり、思わず立ち竦《すく》んでしまうことがある。

物心ついてから、ずっとアメリカに憧れて生きてきた。音楽やファッションや食べ物など何から何まで真似をして、アメリカ人のようになりたかった。

私の中では和室より洋室、和食より洋食の方がおしゃれだった。ビートルズの長髪をグループサウンズが引き継いだあと、昭和のアイドルたちも継承し、高校時代のクラスの男子は髪を肩まで伸ばしている子が多かった。その一方、不良男子どもはエルヴィス・プレスリーの影響なのかリーゼントだった。

長年に亘《わた》ってアメリカに憧れていた気持ちが一気に萎《しぼ》んだのは、トランプが大統領になったのがきっかけだった。ああいった人間が勝利したことに衝撃を受け、それまで読んだことのないジャンルの本を読むようになった。

例えば、ヒラリー・クリントン著『WHAT HAPPENED 何が起きたのか?』では、大統領選挙前後の様子から強烈な男性優位社会を知った。

そしてミシェル・オバマの自伝『マイ・ストーリー』では、現在でも黒人の置かれた状況が厳しいことを知った。まるで南北戦争以前のアメリカ社会が描かれているのかと錯覚しそうな内容だった。

極めつきは、マイケル・ムーア監督のドキュメンタリー映画『華氏119』だ。水質汚染での深刻な健康被害や銃規制が進まない裏には、トランプや州知事の存在がある。

これらが真実かどうか私には判断できないと自戒しつつも、それでも長年のアメリカに対する憧れはいっぺんに消し飛んだ。

私が憧れ続けたアメリカは幻想だった部分が多かった。

映画やテレビを通して知る、眩《まばゆ》いばかりの豊かな暮らし。広くてお洒落《しゃれ》なリビングで微笑む優しいパパやお茶目なママは、白人家庭の、それも一部の裕福な家庭の中だけの話だった。

✿ 新しい友人を作った

先日、札幌に住む知人に会いに行った。

数年前にロシアのツアーで知り合った八十五歳の女性だ。北海道放送の元アナウンサーというだけあって、今も滑舌がいい。数年前に夫を亡くし、息子たちは東京でそれぞれ一家を構えているという。

今年はコロナ禍のせいで、お盆にさえ誰も帰省しなかったと、寂しそうな声が受話器から聞こえて来た。高齢者ほど重症に陥りやすいと聞けば、息子たちも心配で帰省できなかったのだろう。

それなのに、他人の私が遊びに行っていいのか迷った。

——是非、遊びに来てちょうだい。

それは心からの言葉なのか、それとも単なる儀礼上のお愛想なのか。

京都人の「ぶぶ漬けでもどうどす」は有名だが、私の経験から言うと、京都だけでなく西日本全体でそういう傾向がある。

札幌に行ったとしても、会った途端に顔を顰《しか》められ、「あら嫌だ。本当に来ちゃったの？」などと心の声が聴こえてくるかもしれない。だが、そうなったら一人旅を楽しめばいいだけのこと。

札幌は交通の便もいいし、美味しい物もたくさんある。緑に囲まれた広大な北大のキャンパスや中島公園の中にぼうっと突っ立って風に吹かれるだけでも魂が生き返る。見知らぬカフェにパソコンを持ち込んで小説の続きを書くだけでも楽しい。

そう考えているとき……。

——空いている部屋があるから、うちに泊まってちょうだい。

この言葉を聞いて初めて、「ぶぶ漬けでもどうどす」とは違うと確信した。

それなのに私は厚意を無にして、ホテルを取ると言った。相手が誰であっても長時間一緒に過ごすことが苦手だからだ。

――残念だわ。うちのマンションじゃ気を遣って疲れるってことかしら。だったら宮の森に一戸建ても持ってるからそっちに泊まればいいわ。空き屋だから、あなた一人で寛《くつろ》げるわよ。

ありがたい申し出だったが、誰にも何にも気を遣わずに過ごしたかったので、これも断り、便利な場所に立つホテルに五連泊の予約を入れた。

札幌に着いた初日からラムしゃぶ専門店に連れて行ってもらい、翌日は早朝からあちこち案内してもらった。

賑やかな場所にある自宅にも招かれ、ロシアの思い出であるボルシチを御馳走になった。その日はアナウンサー時代の同僚女性も招き、女三人でおしゃべりができて楽しいひとときだった。

大倉山ジャンプ競技場にも行った。一九七二年に日本で初めて冬季オリンピックが開催されたときの会場である。幸運にも天気に恵まれ、展望台から札幌の町を見渡せた。

五輪のテーマ曲であるトワ・エ・モワの「虹と雪のバラード」の記念碑もあった。透明感のある歌声と清潔感のあるデュエットが、小学生だった私に札幌の清涼なイメージを植えつけた。

あの曲を聞くたびに、前途洋々とした日本の空気を思い出す。

まさに高度成長期だった。

✿ドレッシングって何ですか？

昭和四十年代は、まさに高度成長期の真っ只中だった。

ほとんどの家庭で、テレビや冷蔵庫などの家電製品が一通り揃ったからか、その頃新たに流行り始めたのはホットプレートと卓上コンロとドレッシングだった。

それまで日本人にとって、生野菜といえばトマトとキュウリと千切りキャベツくらいで、サラダというのはポテトサラダを指す言葉だった（うちの実家だけかもしれないが）。私はレタスという野菜を見たことがなかった。

——ドレッシングって何？

そんな会話が巷《ちまた》で囁かれるようになった。

——あんたらドレッシングも知らんの？　今度私が作りに行ったげる。

そう言って、近所に住む超絶美人の伯母がやってきたことがあった。

楕円形《だえん》の大きな西洋皿に、キュウリやトマトやレモンの輪切りや茹《ゆ》で卵の薄切りなどを規則正しく並べていく。そのあと伯母は、市販の瓶を出し、白いタレみたいなのを振りかけた。私たち一家は、その大皿料理そのものをドレッシングと呼ぶのだと、それから長い間勘違いすることになった。

トマトの赤や卵の黄色など、色とりどりできれいだったが、その白いタレみたいなのが酸っぱくて食べづらかった。その当時、ドレッシングといえばフレンチドレッシングしか売っていなかった（うちの田舎だけかもしれないが）。

――切って並べるだけかいな。どんだけハイカラなもんが出てくるか楽しみにしとったのに、あほらし。

伯母が帰ったあと、料理上手の母は兄嫁である彼女をコキ下ろした。

✤ 一期一会で終わらせないためには

私にとって、旅先で出会った人と交流が続くことは滅多にない。

前述した札幌の八十代女性の前はといえば、四十年も前に遡《さかのぼ》る。

大学生のときに「エジプト＆ヨーロッパ一周旅行三十日間」というのに参加したときだ。ほとんどが一人参加の大学生で、そのときに知り合った女性たちとは今も交流がある。

旅先で知り合った人々と、その後も交流を続ける秘訣は単純なことだ。旅行中に互いの連絡先を交換するかどうかにかかっている。

四十年前は旅行会社から名簿が配られた。参加者全員の住所、氏名、電話番号だけでなく、学生なら学校名、社会人なら勤務先名までが印刷されていた。個人情報保護の観念のない時代だったから、名簿が配られたことを誰も不思議には思わなかった。

札幌の女性とは、何がきっかけだったか、ロシアで名刺交換をした。彼女の名刺には俳句の会の北海道支部長という肩書があった。もしもこのときに連絡先を交換しなければ、一期一会で終わったはずだ。

最近の大学生は、四年間ずっと友だちが作れないまま卒業することが珍しくないと聞いた。選択科目が大幅に増えたことで、クラス単位で集まる機会がほとんどない大学や学部が増えた。そのうえコロナ禍でオンライン授業となった。

自宅通いなら家に帰れば家族がいるが、地方から出てきてアパートで独り暮らしをしていて、周りに知り合いがいない学生なら、厳しい状況に置かれた人もいるに違いない。

私が田舎から上京した頃に、もしも今のような雰囲気だったならば、孤独云々以前に、恐怖心に近い不安でいっぱいになったと思う。実家が大阪や福岡など大都市部にある人ならば、都会の暮らしにある程度は慣れているだろうが、山間部から上京した私には、生活そのものが危うかった。

あの頃の私は、スーパーの場所と学校までの電車の乗り方を覚えるので精いっぱいだった。レストランに入る勇気もないから自炊していた。道を歩けばチラシやティッシュを配る人がたくさんいて、見知らぬ人から頻繁に声をかけられて怪しげな勧誘をされる。田舎では見たこともない光景だった。常に警戒しながら歩き、声をかけられても聞こえないふりをして通り過ぎた。

学業以前に、東京に慣れて生活者として自立するのが先決問題だった。

漠然とした不安で精神的にも落ち着かず、入学早々に同じクラスの女の子たちに話しかけて友だちになってもらった。そして岡山出身の女の子のアパートに、みんなで頻繁に寄り集まってはお泊まり会をするようになった。

それと並行して、すぐにサークルに入り、先輩たちにキャンパス内を案内してもらったり、授業の取り方やコツを教えてもらった。

そういった交流がなかったら、きっと精神的に不安定になっていたと思う。

昨今、帰属意識が薄くなるのは大学生に限ったことではない。マスコミやＩＴ企業など、やるべきことをきちんとやっていれば通勤しなくてもいいという会社もある。そういった会社は今までは少数派だったが、コロナ禍で一般企業にも一気に広まった。

――いつの間にか親友になっていた。

――気づけばいつも一緒に行動していた。

そういうのは、「同じ釜の飯」の古い時代の話になった。最近の人間関係は、一期一会を中心に構成されるようになったと何かで読んだ。ツアーに参加しても、その数日間は誰しも親切で仲良くしてくれるが、旅が終われば関係も終わる。

この人と友だちになりたいと思ったら、その場で伝え、連絡先を教えてもらう勇気が必要になった。その機を逃すと二度と会えなくなる。特に都心では、偶然どこかで再会するのは奇跡に近い。

きっかけを作るのに活躍するのが前述の名刺だ。名刺といっても、氏名と電話番号とメールアドレスだけが記載された簡単なものを作った。

相手が若い人ならＬＩＮＥを交換するだけで済むが、ガラケーを使っている相手にとって名刺はわかりやすくて効果的だ。

友だちは百人も要らない

最近は、『おひとり様○○』という本が多く出版されるようになった。

それらに共通するのは、家族がいない人は友人を持つことが大切だと説いていることだ。

小学校入学前に保育園などで盛んに歌われる「一年生になったら」という歌も同様だ。歌詞の中に「ともだち百人できるかな」とある。無邪気で楽しそうに聞こえるが、孤独を愛する人や社交的な性格ではない私には脅迫に聞こえる。

歌詞は、友だちが少ないことがまるで悪であるかのように迫ってくる。「同調圧力」という言葉がぴったりだ。友だちが多い人は人格者で、友だちが少ない人は可哀想な人という印象を植え付ける。だが実際は、一人でいるのが好きな人もいる。

歌詞にあるような、友だち百人は多すぎる。それは「友だち」ではなく、単なる「知り合い」と呼ぶのだ。

会社に勤めていた頃の、社員食堂での会話をふと思い出した。

——仲のいい人との旅行でも部屋は別々にしたいし、別行動の時間帯が私には必要だよ。

そう言ったら、同じテーブルにいた後輩の若い女性社員たちが一斉に「ええっ」と大きな声を出したことがあった。

——せっかくの旅行なのに、別々の部屋なんて寂しすぎますよ。

彼女らは口々にそう言った。

思い起こせば、私も若いときは寂しがり屋だったから、彼女らもそうなのだろうか。しかし年齢とともに孤独に強くなり、孤独を愛するようになり、一人の時間を楽しむようになった。一人でいる時間が寂しいどころか嬉しくてたまらない。

私がたまに利用する「女性一人参加限定ツアー」では、そのほとんどの女性に、家で待っている夫がいる。

——もういい加減、私を解放してほしい。

長年に亘って家族の世話をしてきて、自分の時間が取れなかった中高年女性の叫びが聞こえるようだ。

タイムマシンに乗れた私

先日六十一歳になった。

ついこの前、四十歳になったばかりだと思っていた。大学生だった頃が、つい最近のことのように感じるときもある。

残り少ない人生をどうやって生きていくべきかと考えていたら、『鴻上尚史のほがらか人生相談』にヒントを見つけた。

――十年後の自分がタイムマシンに乗って現在に来たと考えろ。

つまり、七十一歳になった私がタイムマシンに乗って、十年前である六十一歳の今日という日に到着したと考えろと言う。

既に七十代を経験済みの私はこう思うだろう。

十年前の私は、白髪も皺も少なく若かった。それなのに当時の私は、やれ体力が落ちただの、あと何年生きられるかわからないだの、どうせ死ぬのになぜ今日も働くのかなどと、不平不満ばかり言って嘆いていたと。

そして、七十代を経験済みの私は、こう言って叱るだろう。

六十一歳なんてまだまだ若い。新しいことにも挑戦できたんじゃないの？

それなのに私は、六十代という若くて貴重な十年をぼうっと過ごしてしまった。なんてもったいないことをしたんだろう。

時間だけは平等だと聞いたことがある。世の中には莫大な富や名声を得る人がいるが、そんなやり手の彼ら彼女らでさえも、どう工夫しても、どんなに努力しても、どれほどお金を払っても、時間だけは増やせない。

だが私は幸運にもタイムマシンに乗って十年前に戻ることができた……と考えてみる。

滅多にない機会を与えられたのだから、六十代を有意義に、そして楽しもうと思う。何事も物おじせず、やりたいことを全部やってやろう、恥をかくのも気にせず生きていこうと決心した。

歳を取るにつれ、あのときああしていれば、こうしていればと、際限なく後悔が募ってきて苦しむ日もある。若気の至りによるものなら自分を赦そうと思えたのかもしれないが、そうではない。

つい去年の、つい先月の、つい先週の、つい昨日の、「どうしてあんなことを言ってしまったのだろう」と、人を不快にさせた自責の念が未だに積み重なり、一般常識からズレた振る舞いに、自己嫌悪が日々厚い層になっていく。

いっそ死ぬまで誰にも会わずに過ごせれば、ずっと心穏やかにいられるのに。

そのことは、中学生のときも考えていた。

最近では、死ぬまで大人になれないと気づいた。そして、テレビなどに出て立派なことを堂々と話すインテリ層の中にも、無理やり大人の振りをしているハッタリが多く存在することも。

✤ あなたは何度人生をやり直したところで大差ありません

——後悔とは自惚《うぬぼ》れである。

これは、どこかで目にして心に突き刺さった言葉だ。

「あのとき、ああしていれば」と考えるのは、自分を過大評価しているからだという。

本来なら私はもっと出来たはず、頑張ればちゃんとやれたはず、などと思うのは、自惚れに過ぎないというのだ。早い話が、「あなたは何度人生やり直したところで大差ない」と言われている。

この文章を見たとき、一瞬息が止まった。

もう開き直るしか道は残されていないと思った。

無理やりにでも前だけを向いて生きるしかない。

過去には戻れないが、そのことに普段は気づかない。過去を振り返って反省することで、今後を良い方向へ持っていければいいが、私は少しも改善できないので、振り返る分だけ時間と精神の浪費になる。

そして、思い悩んで自分を追い詰めた結果、鬱っぽくなるので、気をつけねばと思う毎日だ。

年齢とともに、楽しかったことよりも、つらく苦しかったことばかりを思い出すようになった。

そちらの「底なし沼」に引っ張られないよう、嬉しかったことを思い出したり、自分なりに精いっぱい頑張ったからこそ今日があるのだと言い聞かせて、自らを励ますようにしようと思う。

その一方、例のタイムマシンに乗ったと考えることで、初めて自分の七十代、そして八十代を具体的に想像するようになった。予想が大きく外れる可能性もあるが、未来のことはわからないから、楽しく安全な未来をイメージした方が現在の自分の心が和む。

白い杖をつく人が増えた

白い杖をついた老齢の女性が、前方を歩いていた。

あまりに危なっかしく感じられたので、思わず声をかけ、腕を貸して一緒に横断歩道を渡った。

それを知人に話すと、勇気があるね、と言う。

私は前述のデパートでの菓子折の包装や袖の直しを断る勇気がなかった。どういう場面で勇気が要るのかは、どうやら人によって違うらしい。

「最初はどういうふうに声をかけるの？」と知人は具体的に聞きたがった。

「大丈夫ですか、とか、お手伝いしましょうか、とか、いろいろ」

「そしたら、向こうは何て言うの？」

「腕につかまらせてくださいと言われることが多い」

「断られたことはないの？」

私が今まで声をかけた老齢女性のほとんどが、白い物だけは薄ぼんやりと見えるようだった。横断歩道だけはなんとか見えるから結構です、と断られたことが一度だけある。

「せっかく申し出たのに、そういうとき嫌な気持ちになるでしょ」と知人は言った。

「そうでもないよ」

電車やバスの中で席を譲ろうとして断られたときとは違う。幹線道路沿いでは人の声は車の音にかき消されて聞こえないから、注目を浴びることもない。

先日、スーパーボランティアと呼ばれる尾畠春夫さんが緑綬褒章を受章した。「当たり前のことをしているだけ」だとか、「みんなから教えてもらったり、優しくしてもらったりして今現在があるから、世間に恩返しさせてもらっている」という旨のことを言っていた。

これを謙虚だと評する人が多いのだが、褒章をもらっても、ちっとも嬉しそうでない尾畠さんの表情から見ても、謙虚ではなくて単に本心を言っているだけだと私は思った。

人に親切にして感謝されると、自分の心も救われる。落ち込んでいる日でも、心に少しばかり明るい兆しが見える。人間にとって、誰かを喜ばせることが最大の喜びだと聞いたこともある。

昨今は、白い杖で地面をこんこんと叩きながら歩く人を頻繁に見かけるようになった。その危なっかしい足取りから、目が見えなくなったのは、つい最近になってからではないかと思う。生まれつき目が見えない人なら、もう少ししっかり歩けるのではないか。

長生きする人が増え、白内障を拗《こじ》らせたり緑内障を患《わずら》ったりして、見えなくなる人が増えたという。歳を取ってからだと、どんなに大変だろうかと思う。

私も老後を迎えつつあるけれど、今はまだ健康を保っているし、子育て世代と比べれば時間的余裕もある。他人に親切にするには今しかないような気がしている。

それに、他人事ではない。

明日は我が身なのだ。

昔懐かしい女言葉の東京弁

前回は、視覚障碍者に腕を貸すことを書いた。

腕を貸す時間は短いが、その寸暇《すんか》を惜しむように、おばあさんたちは本当によくしゃべる。

「もしかして、あなた、無理してない？　こっちは逆方向じゃないの？」

先週も、そう尋ねて私のことを心配してくれた。

「あそこの角の高級食パンの店、つぶれたでしょう。何度か買ってみたのよ。味はまあまあだったけど、さすがに六百円は高すぎると思ったわ。あなたも召し上がった？」

「その手前にケーキ屋があるでしょう？　あそこは箱じゃなくて袋に入れるのよ。箱を頼むと三十円も取るの。時代よねえ。嫌になっちゃうわ」

私は、この世代の女性たちが話す東京弁が好きだ。

今は亡き姑も似たような話し方だった。

「〜だわ」、「〜じゃないかしら」などという女言葉を使う。優しくて上品で、聞いていると心地よくなる。

地方出身の私は、こういった女言葉が実際には使われていないことを、上京して初めて知った。使っているのは私の親世代以上の女性だけで、大学生は「〜だわ」ではなくて「〜だよ」と言うのが普通だった。それまで田舎で見ていたテレビドラマとは違っていた。

七十代や八十代の女性たちが、初対面の相手に対しても、ざっくばらんに話すのも特徴的だ。私の世代にこういった人は少ない。知らない人に対して警戒心があり、様子見の時間が長い。

ざっくばらんに話す素敵な東京弁が、どんどん消えてしまうのは寂しい。

老後の楽しみにとっておくと言う老人

——これは老後の楽しみにとっておこう。

六十代になっても七十代になっても、これを言う人がいる。

私もそうだった。

——あなた、今がまさに老後なんですよ。

面と向かってそう忠告してくれる人はいない。

定年退職後は旅行三昧だと若い頃は楽しみにしていたのに、実際は旅行するとくたびれ果て、「やっぱり我が家がいちばん」となり、二回くらいで行かなくなる人が多いと聞いた。

そのうえ読書やスマートフォンは目が疲れるし、足腰が弱くなって遠出も難しくなる。たとえ目や耳が悪くならなくても、老人性鬱などで精神面が危うくなるかもしれないし、知らない間に気力や好奇心が萎んでいる可能性もある。

とはいえ、若い頃はお金が足りないし、中年期は時間が足りない。そして老年期は体力と気力が足りなくなってくる。そもそも時間とお金がたっぷり有り余っている老後が存在する保証もない。

だったら、いったい人生はいつ楽しめばいいのか。
そう考えたとき、人生とは「まとめて楽しむ」という類のものではないことに、私はやっと最近気づいたのだった。そもそもいつ死ぬかわからない。

つまり、「いつやるか？ 今でしょ！」と、林修先生の言う通りであり、「今」の連続が人生であるという結論に行きついた。

ああ、もっと若いときに気づきたかった。

これまでずっと「将来」のために「今」を我慢して生きてきたのだ。

だから、せめて今日だけでも夕陽を見つめてシミジミしようかと思います。

✤ 歴史の授業は最悪でした

小学生のときから歴史が苦手だった。

どうしても興味を持てず、大学受験のときは足を引っ張られた。興味のないことを丸暗記するのはつらくて疲れるし、やっと覚えたと思っても、興味がないのですぐに忘れてしまう。

中学も高校も、歴史の授業は苦痛だった。最もひどかったのが高校の世界史の授業だ。

その一年間、教師は教科書を棒読みするだけだった。これは誇張でも冗談でもなく、本当に徹頭徹尾それだけで、歴史上の人物や事件についてのエピソードなどを教師自身の言葉で語ることは、ただの一度もなかった。

高校生だった私は、溜め息をつきながら時間が過ぎるのをじっと待ち、何度も授業中に腕時計を見た。青春時代の貴重な時間を浪費したと思う。

あんな授業なら誰でもできるのではないか。だがきっと世間知らずの私が知らないだけで、裏では色々と苦労があるんだろう。きっとそうだ。そうに違いない。そうじゃないと困る。

いい加減な授業をして教師ヅラをしている大人の存在を、私は認めたくなかった。認めてしまったら最後、学校や大人に対する不信感が広がり、学校に来るのがだんだん面倒になってくる。ただでさえうんざりしている日常の中で、ふとした瞬間に忍耐の糸がぷつんと切れ、ずる休みしてしまいそうだった。そして一日休むと、次の日もまた……となり、二度と登校しなくなりそうな予感がして、自分でも恐ろしかった。

世界史の授業が終わったあと、隣席のKが珍しく私に話しかけてきた。

不良のKは、校区の中で最も栄えているT市からバス通学していて、田舎の高校の中では「都会の人」だった。リーゼントでダボダボのズボンを穿《は》き、ピカピカに光ったエナメルの靴を履き、ワンピースみたいに長い学ランの裏地には見事な龍の刺繍が施してあった。外見は不良だったが、話すと普通の男子だった。

「あんな授業でええなら俺でも高校の先生になれるわ。そう思えへんか？　それとも俺の言うこと、間違っとる？」

そうKから尋ねられ、私以外の生徒も同じことを思っていると知り、やはりあの教師は誠意のない人間だと改めて思った。

「あんな授業、誰でもできるわ。読むだけやもん。小学生でもできる」

そう言って、私はKに同意した。

Kとは普段は滅多に話すことはなかったが、定期試験の前だけは下駄箱の前で帰宅しようとする私をKは呼び止めた。私のことをなぜか「すごく英語ができる女子」だと思っていて、どんな問題が出題されそうかを尋ねてくるのだった。

ある日、私と彼が英語の教科書を開いて昇降口で立ち話をしていたところに、ちょうど通りかかった英語の教師が話しかけてきた。

――お前ら、ごっつい変わった組み合わせやね。ここで何を話しとるん？

そう言いながら、教師はKが持つ英語の教科書を覗き込んだ。

――明日の英語のテストで、どこが出るか教えてあげているところです。

私がそう答えると、教師は途端に噴き出した。

卒業後何年経っても覚えているのは、授業の内容ではなく、こういった情景や、教師が授業中に語った雑談だけだ。

✤「歴女」というのに、「歴男」と言わないのはなぜか

「歴女」という言葉がわざわざ出現したのは、今まで歴史好きな女性が少なかったからだろう。その原因の一つに、歴史上に女性の名前がほとんど出てこないことが関係していると私は思う。男性も想像してみてほしい。歴史の教科書を開くと、そこに出てくるのがすべて女性の名前だとしたら、関心を持ちにくいのではないか。

私は中学高校時代に、男性ばかりが登場する教科書を、自分の過去にも未来にも人生にも、何ひとつ関係ないように感じていた。

そして逆に、女性にも想像してみてもらいたい。ページをめくってもめくっても女性の名前ばかりが出てきたら、どれほど興味津々だったろう。

どんな性格のどんな雰囲気の女性だったのか、道徳的な人だったのか、正義感の強い人だったのか、それとも私腹を肥やしていたのか、○○の乱のときは、なぜこんな行動に出たのか、親きょうだいとの関係は良好だったのか、夫や子供はいたのか、どんな着物を着て、履物は何だったのか、それは動きやすかったのか、好物の食べ物は何だったのか……私なら際限なく想像が膨らんだだろう。

つまり、歴史上の人物を身近に感じられるかどうかが、歴史に関心を持てるかどうかの分かれ道だと思う。それがなければ、歴史というのは遠い昔のことであって、今現在ここに生きている自分と直線で繫《つな》がっていることがぴんと来ない。

教科書や資料集を読んでも、まるで女がどの時代も存在しなかったかのようだ。

本当は、活躍した場面がたくさんあったと思う。裏方として家事育児を任されて男を支えたというだけでなく、跡継ぎ問題や政略結婚にも采配を振っただろう。後に芸術と称されるような職人領域での発見、発明、創意工夫などの手柄もたくさんあったに違いない。だが成功譚《たん》が語られるときには、父親や夫や男きょうだいの名前にすり替えられる。

そういった例を挙げれば枚挙にいとまがない。よく知られているのはメンデルスゾーンだ。姉が作曲したものを自分の名で発表している。彼は少なくとも七曲は名前をすり替えたことが証明されている。

それ以外にも、恒星の大部分が水素でできているのを突き止めたのも、性別は環境ではなく染色体で決定されることを発見したのも女性だ。最も有名なのはＤＮＡの発見だが、実際にノーベル生理・医学賞などを取ったのは、すべて男性だった。

たぶん、こういったことは氷山の一角なのだろう。ここに挙げた例は、西欧社会ではよく知られたことだが、日本ではあまり紹介されていない。

ヨーロッパの歴史は白人男性に都合のいい歴史であり、日本の歴史は日本人男性の歴史だ。歴史の教科書は、知らず知らずのうちに男女の能力差に関して強い印象を中高生に残す罪作りな読み物だ。

こういった男女差の問題だけでなく、教科書そのものが面白くないと気づいたのは、米原万里さんのエッセイを読んだときだ。彼女は父親の仕事の関係でチェコのプラハに住み、九歳から十四歳までソビエト大使館付属学校に通っていた。

新学年が始まるたびに新しい教科書をもらって家に帰るのだが、どの教科書も内容が面白く、持ち帰ったその日に一気読みすると書かれていた。私は意味がわからず、読み間違いかと思って、もう一度読み返してみたが、やはりそう書いてあった。

何の教科とは書かれていなかったが、一気読みできる教科書とは、いったいどんな内容なのか、構成はどうなっているのか。いまだに想像できない。

いつだったか、歴史好きな知人に尋ねられて困ったことがあった。

——歴史上の人物では、誰が最もお好きですか？

正直に「全く興味がありません」などと答えたらバカだと思われる。そう心配した私は、「そうですねえ……あえて言うなら、北京原人ですかね」と答えた。

相手は私を一瞥《いちべつ》したあと、すぐに話題を変えた。

私は原始時代と縄文時代しか覚えていない。新学期早々はやる気を持って授業に臨んでいるから、最初の数ページだけは何年経っても印象に残っている。今も、戦国武将よりネアンデルタール人の方に親しみを感じている。

✤最近になって、やっと歴史に興味を持ち始めた

五十歳の誕生日を迎えたときに、五十年という時間の短さを体感した。ということは、百年もあっという間であり、数百年前というのも最近のことだと実感したのだった。

中でも、近現代の歴史を詳しく知りたいと思うようになった。学校では明治維新以降はほとんど習っていない。だがそれを知らずには、現在の世の中のできごとを理解するのは難しいと感じる場面が昨今は増えてきていた。

とはいうものの、学校の教科書のように年号と人物名ばかりが記載されたものなら、きっとまた挫折する。だから最近は、面白いと感じられる解説本を探したり、ドキュメンタリーを見たり、YouTubeで歴史の授業を見たりしている。楽しくて、長続きしている。

しかし、それらを見ても、どこまでが史実で、どこからがフィクションなのかの見極めが難しい。そのうえ、戦後はGHQが日本人に自虐史観を植えつけたり、歴史が歪曲されたりと、様々な問題がある。

何が真実かを見抜く目を養うには時間がかかりそうだ。

✿オンライン授業

コロナ禍でオンライン授業をやるようになったと聞いた。

もしも日本全国の歴史の授業風景を誰でも自由に見ることができるならば、授業の良し悪しに大差がつく。様々なエピソードを織り交ぜて語ってくれたならば、歴史上の人物が「遠い昔の知らないオジイサン」ではなく、「血が通った身近な人」に感じられて、私も少しは興味を持てたかもしれない。

実際に有名予備校の講師たちは、そういった競争に晒されてきた。競争がないところに創意工夫も刻苦研鑽《こっくけんさん》も生まれにくい。

極端な話をすれば、熱中できる面白い授業をする教師が一人いたとして、それを日本全国の高校生がオンラインで見ることができるのであれば、国全体で教師は数人で足りることになる。そして、優秀な教師しか生き残れない。

日本の資産は人なので、今こそコロナ禍を逆手に取って洗いざらい問題点を挙げ、ひとつずつ解決していくことが、グローバル社会で生き残っていく地道な方法ではないかと思う。

近いうちにコロナを退治できて以前の生活に戻ったときも、不登校の子供のために教室にカメラを設置して授業風景をネット配信することができればいい。

それにしても、小中高は授業が再開されているのに、どうして大学は今もオンライン授業なのか。

ネットで検索すると、教室移動が多い、県をまたいで通学してくる学生がいる、バイトやサークル活動や飲み会で拡散リスクが高いなど、もっともらしい意見がたくさん出てくるが、どれ一つとして納得できない。そして、欧米の大学生が飲んだくれてマスクなしでバカ騒ぎする映像ばかりが流れる。

大学生の間では「課題地獄」と揶揄《やゆ》されるほど課題がたくさん出され、レポート提出に振り回されていると聞いた。授業料の割引もないようだし、設備費の返還などはどうなっているのだろう。校舎を使わないのだから、電気代や水道代が数千万円単位で浮いていると思うのだが。

もう少しきめ細かな対策を取るべきだと思う。

小説の中の差別的な表現

私は今、翌月に刊行される小説の原稿の推敲《すいこう》をしている。

『卵子が老化して妊娠しづらくなっていると医師から告げられた』

これに対し、校閲者はシャープペンシルで次のように書き込んでいる。

――これは差別的表現です。要注意です。読んでいて違和感があります。母体の加齢により妊娠するのが難しくなるのは当然で、女性に対するある種の侮蔑のニュアンスを感じ、不愉快に思う読者もいるのではないでしょうか。

生物学的事実を書いただけだった。これが侮蔑的とは私は思わない。それに、次のページには「精子の老化」についても書いているから、女性だけをターゲットとした女性差別でもない。

ただ、校閲者の文言がいやにきついと感じたから、私はそれほどひどい文章を書いたのかと考え込んでしまった。

言われてみるとそうかもしれない。出産適齢期を過ぎてしまったことを後悔している女性なら、嫌な気持ちになる人もいるだろう。そして、その真っ只中にいるのは、たぶん四十歳前後の女性だ。

私自身は二十代で子供を二人産んでいるし、そのうえ年齢を重ねたから、その年代の女性の気持ちに寄り添えていないのかもしれない。

だけど、そんなことを言い出したらきりがないし、何も書けなくなる。他の箇所には、編集者からの筆圧の強い鉛筆書きがあった。

――例えば、「このまま不妊治療を続けても、年齢的に妊娠の可能性は高くない」ナドに変えてはどうでしょう。

編集者も私の書き方を差別的だと思ったのだろうか。「老化」という言葉が差別的だとするなら、老人の存在はどうなる？　いや、ここは「老化」ではなく「卵子の老化」を問題としているのだった。

まだ二ページ目の箇所だったので、焦りが湧いてきた。まだほんの出だしの所なのに、ここで時間を取られたら後が怖い。昨夜Ａｍａｚｏｎを検索してみたら、早くも予約が始まっていた。

私は慌てて卓上のスマートスピーカー（いちばん安いヤツ）に話しかけた。

「アレクサ、今日は何月何日だっけ？」

――現在、二〇二一年×月×日です。

あまり時間がない。この小説は原稿用紙に換算すると四百五十枚ある。先は長い。

だけど、私にはどうしても「卵子が老化」という文言が差別的だとは思えず、校閲者や編集者の書き込みをスルーしようかとも思ったが、まだ二ページ目だ。読者の中には、読み始めてすぐに侮辱されていると捉え、その先は読まないと決める人がいるかもしれない。そうなったら二度と私の本を手に取らないだろう。それを想像した途端、不安になり、再び迷い始めた。

ここはいったん保留にしようと決めて、先を読み進めていくと、またしても「差別的です。要カクニン」と書き込まれた箇所に当たった。

『陽に灼《ひや》けた皺《しわ》だらけの顔のせいで、一目見て農村の出だとわかる』

中国人の老女のことを形容した箇所だが、「農村の出」を見下しているように感じられるということらしい。「陽に灼けた皺だらけの顔」は、健康的な暮らしでなく、貧しい暮らしを想起させるのだろうか。

これも、言われてみればそうかもしれない。私の心の奥底に差別意識があるのか。しばらく中国人老女の姿を想像してみてから、赤ペンで修正した。

『陽に灼けた皺だらけの顔から、農業に精を出して生きてきた人生が透けて見える』

これで提出して、また何か言われるようだったら、次は削除しよう。削除したら情景が萎むと思うが、本筋とは関係のないところだから。

しかしその反面、会話文の中なら、ある程度は何を書いてもOKだ。例えば、

――「年増でブスでデブの分際で生意気だ」と、正雄は叫んだ。

こういう文なら、正雄という登場人物が差別的な男であるというだけのことだからOKだが、地の文では使えない。

――美香は年増でブスでデブだった。

と書いたら、著者の性格を疑われる。

昨今、差別的表現を排除しようとする傾向はどんどん強まっているが、何を差別だと感じるかは人それぞれだ。

例えば、「めくら」は差別語だからと、「盲人」や「全盲」と書くようになった時代があったが、

それらもいつの間にか差別語とされるようになり、「視覚障害者」と書くようになった。だが、しばらくすると、「障害」は「害」ではないから「障碍者」か、または「障がい者」と表記する自治体も出てきた。

それとともに、「恋は盲目」という表現も使えなくなった。英語でも「ブラインド」が差別表現となり、キーボードを見ずにキーを打つ「ブラインドタッチ」という言葉もいけないという。

こうやって「めくら」という古来からの和語が消え、「視覚障碍者」など漢字を組み合わせた合成語ばかりが残っていく。

「めくら判」、「めくら滅法」、「片手落ち」、「障害物競争」、「つんぼ桟敷《さじき》」なども使えず、これらを言葉狩りだとか文化破壊として批判する文化人もいる。

思うに、「めくら」を差別語だと思う人は、そういった言葉を使って人を馬鹿にしたり、囃《はや》し立てたりする現場を見聞きしたことがあるのだろう。一方、幼い頃からそういった経験が一切なく、視覚障碍者といえばテレビで見る世界的に有名な歌手やピアニストくらいしか知らない人間からすると、なぜそれが差別語なのかが理解できない。

「インディアン」や「ジプシー」が差別語だと説明されても、日々の暮らしで身近に感じることのない日本人にはピンとこないのと似ている。そういった知識がないから、悪気なく「インディアン」と言ってしまう。

最近の絵の具や色鉛筆には「肌色」という色がなくなり、「ベージュ」と書いてあるのは、孫の色鉛筆を見て知った。世界に色々な肌の色の人がいることを思えば、「肌色」という言葉は確かにおかしい。

そして女性を差別する言葉も、この数十年の間に少しずつ消えていった。私が子供の頃は、学校やPTAのプリントには「父兄会」とあったが、うちの子供たちの頃に「父母会」になり、その数年後に、親がいない子に配慮して「保護者会」に変わった。

「女の腐ったような」、「女だてらに」、「男勝り」、「売れ残り」、「出戻り」、「妾」、「職場の花」、「処女作」、「殿方」、「夫唱婦随」なども、私の親世代までは使っても、私の世代ではほとんど聞かれなくなった。

だが、「奥さん」と「ご主人」だけは私も使わざるを得ないときがある。代替できる適当な言葉が見つからないからだ。「お宅のご主人は〜」を「あなたの夫さんは〜」と言うと、しっくりこない。

だが、いまだに「女子供（の出る幕じゃない）」という表現を平気で使う男性がいて、そのたびに嫌な気分になる。マスコミでは「美人アナ」や「美人アスリート」などの言葉は、時代に逆行して日々増えているように感じる。

言葉だけでなく、その競技大会で優勝した女性よりも、五位だった美人アスリートをマスコミは追いかけ、そのアスリートが引退後は解説者になれたりする。私はそういうのを日々見ていると、他人ごとにもかかわらず傷つく。

前述した「中国人の老女」の「老女」も差別語だ。私も老年期のカテゴリーに入るが、老女なんて言われたくない。

「アレクサ、私は老女でしょうか？」

――うまく答えられません。ごめんなさい。

ナメやがって。

この世は様々な差別的な言葉があふれている。

未亡人、中年女、嫁、涙は女の武器、女三人寄れば姦《かしま》しい、キュリー夫人、女の台所感覚で、生活者としての女性の視点で、ママさん選手、命を育む女だから原発に反対します、女性ならではの視点を生かして、女社長、女流作家、女経営者……これらの言葉で傷つく女性もいるだろう。

例えば、未亡人とは、まだ死んでない女という意味で、夫が亡くなったのにまだ生きている恥ずべき女を指す言葉だ。夫が亡くなったら、その付属物である妻も自害しなければならない時代があった。そしてキュリー夫人は、キュリー氏の妻というだけの意味で、本人の名前は知られていない。

年齢で人を差別することは、妙齢の女性に対してだけではない。「おばあちゃんはいつもニコニコして縁側で日向ぼっこしている」という、勝手に作り上げたほのぼのイメージが、いかに老人の人権を無視しているかは、年齢を重ねた今ならわかる。

縁側に引っ込んで静かにしていてほしい、人畜無害でいてほしいと、枠に押し込められる。権利を主張したり異議を唱えたりするのは、おばあちゃんのあるべき姿ではないと思われているのを感じるときがある。

私が時々読むブログの中に、ドイツ人男性を夫に持つ日本人女性のものがある。ある日、彼女の夫が言った言葉が書いてあった。

——日本で暮らしていたときは心穏やかにいられたよ。日本人はきついことを言わないからね。ドイツ人は思ったことをずばりと言う。わかりやすいとか裏表がないと褒《ほ》める人もいるが、そのたびに傷ついたり頭にきたりして疲れ果ててしまう。精神的葛藤の時間がもったいないよ。

外交の世界では、日本政府は「曖昧《あいまい》」だと非難され続け、本音と建前が違う国民性を揶揄《やゆ》する外国人もいる。だが、心の中で思っても口には出さないという日本人の性向に良い面があることを、このブログで初めて知った。

「ブス」や「デブ」などは差別語ではなくて不快語という。その言葉自体は不愉快なので使うべきではないが、少なくともその実態のために社会的に排除されることはないからだ。その考えからすれば、冒頭の「卵子の老化」云々の文章も不快語の類だろう。

人種、宗教、国籍、身体機能などで差別する表現はいけないというだけならわかりやすいが、最近はどんどん複雑になってきた。

何が差別語なのか、不快語なのかは、人によって捉え方が違う。だから自分なりの配慮をしていくしかない。古来からの和語が消えていくのは気になるが、言葉は時代によって変わっていくものだし、人を傷つけるくらいなら言葉が消えた方がましだ。

ただ、限界はある。仮に、「グラマーな美女」や「イケメンのアスリート」などという文言が小説に出てきたとする。それを読んで何とも思わない人もいれば、敏感に反応する人もいるだろう。「どうせ私なんかブスだよ」、「俺なんか顔もスポーツもダメだ」と深く傷ついて、小説の世界に入り込めない。確率的に考えても、何万人もの人が読むのだから、そういった人が何百人かいても不思議ではない。

それに、テレビドラマの中に出てくる家族――父親は博学で紳士で家族を大切にする人で、母親は優しくて教養があり芯がしっかりしており、朗らかで優秀な兄とお茶目な妹がいる――こういった理想的とされる家族像を見せつけられ、自身の境遇と比べて落ち込む人だっているだろう。

ところで、冒頭の「卵子が老化」の件に関しては、考えた末に、編集者の提案を選ぶことにした。

話は変わるが、出版社によっては原稿にほとんど何の指摘も書かれていない場合がある。五百枚近くあるのに、「て」「に」「を」「は」が本当に一ヶ所も間違っていなかったのか？　表現の覚え違いは一つもなかったのか？　だんだん不安になり、終《しま》いには真剣に読んだのかと疑心暗鬼に陥る。

私に限らず一人の人間が何度読み返してみたところで限界があり、必ず見落としがあるからだ。

数ヶ月前、いま連載している雑誌の編集者に尋ねると、

「みんな遠慮しているのではないですか?」と言った。

「私の文章にケチつける気か?」と怒る作家がいるということか。だとしたら、私にはその作家の感覚が理解できない。

——遠慮なく指摘してください。良い文章にしたいと思っています。

そう頼んでからというもの、数行おきに校正者の指摘が入るようになった。

漢字や言い回しなどの明らかな間違いだけでなく、「こちらの方がより良い表現です」と書き添えられているのを見たときは嬉しかった。

時間泥棒が増えた

時間泥棒の始まりを遡ると、テレビがこの世に出現したことだ。

見たいものだけを見るのならいいが、点けっ放しでだらだらと見続け、あっという間に時間が過ぎる。それどころか、私は「ロクな番組がない」とぼやきながら次々にチャンネルを変えてゆき、「見たいものがひとつもない」と結論づけたのに、世界から音が消えて取り残されたような気がして消せないときがある。

テレビが世の中を一変させてから月日が流れ、パソコンが出回るようになり、ネットサーフィンで時間を潰すようになった。

あれはまだ会社に勤めていた頃のことだから、二十年近く前のことになる。

――2ちゃんねるに我が社の悪口を書くのをやめてください。

日頃は社内放送は皆無だったので、みんな驚いて仕事の手を止め、一斉にパソコンから顔を上げて互いに顔を見合わせた。

誰かが「2ちゃんねるって何？　NHKのこと？」と尋ねたが、そこにいた全員が「さあ」と首を捻った。コンピューターソフトの会社でもこうだったが、それがきっかけで電子掲示板の存在を知って閲覧するようになり、またしても時間の浪費が増えた。

そしてインターネットの普及と同時に、様々な会社が一斉にホームページを作るようになった。通販サイトもその一つで、私はこれも見るようになった。それ以前は自宅に届く分厚いカタログの中から欲しい物を見つけたら、マークシートにHBの鉛筆で記入して注文していた。

更に時代は進んでスマートフォンが出現し、お気に入りのブログを見つけると、それに目を通すことが日課となり、さらにAmazon、楽天、YouTube、ネットニュース、天気予報をチェックするようになった。

分厚いカタログや重いパソコンを持ち歩かなくても、どこにいても小さな画面から気軽に見られるようになったことで、またしても生活は大きく変わった。

いつだったか、原稿のチェックで「貧乏な彼女がパソコンを持っているのはおかしい」と編集者に指摘されたことがあったが、「これらはパソコンではなくてスマートフォンでの行為です」と説明したことがある。当時はスマホが今ほど高価ではなく、逆にパソコンは今よりずっと高価だったから、両者の価格の差は大きかった。

スマートフォンの黎明期には、小さいけれどパソコンとほぼ同じ機能を持っていることがあまり知られていなかった。スティーブ・ジョブズが「小さなパソコン」として売り出そうとしたが、それだと何やら難しい印象を与えると周りから反対されたらしい。助言に従い売れ行きを考慮した結果、全体の機能からすると数パーセントにも満たない電話とメールを前面に押し出して売り出したという。

次はスマートウォッチだ。充電するとき以外ずっと腕に着けていることにより、健康管理されるようになった。歩数にしても、どんな歩数計よりも正確に測れる。一時間以上座っていると振動し、「スタンド（立て）」と命令が来る。

近所のカフェで仕事をしていたとき、向かいの端の方に座っていた若い男性が椅子をガタンと言わせていきなり立ち上がったことがあった。帰るのだろうと思っていると、ただ単にその場に立っているので目立った。彼の腕を見ると、スマートウォッチが巻かれていた。

励ましの言葉が画面に現れるのも嬉しい。朝いちばんには「すばらしいスタートです」、ウォーキングすると「エクササイズゴールを達成しました」などだ。

そうなると、時計ごときに親しみを感じると同時に、アメリカ企業は商売上手だと思う。月額三五〇〇円でスマートフォンと連動し、電話やメールもできるから手ぶらでウォーキングに出られる利点もある。

この腕時計をするようになってから、一日に何度も天気予報を確認するようになった。窓から空を見上げて空模様を眺めることもなく、窓を開けて空気の冷たさを確かめることもなくなり、動物としての五感を使う頻度が減った。

一日のうち、これらの時間泥棒によって大幅に時間を取られている。寝床に入ってスマホをチェックし、翌朝目が覚めたら、枕元にあるスマホに手を伸ばすことから一日が始まる。ほんの数秒間メールをチェックするだけでは終わらず、ついだらだらと見てしまう。ツイッター、インスタグラム、ゲームをする人なら、私の何倍も時間を奪われているだろう。

それもそのはず、シリコンバレーで働く抜け目ない秀才たちが、どうやったら人間の時間を奪えるかを考え抜いて作ったのだから、凡人の私はやすやすと罠に嵌《はま》る。世界中の人がアメリカのIT企業であるGAFAに日々の暮らしを牛耳られている。

うまく使えば便利なツールばかりだが、自制しないとあっという間に昼になり、一日が終わり、知らない間に翌月になり、一年が終わり、歳を取る。

それを思うと、常に心を鬼にして、必要なとき以外は極力見ないようにした方がいいのだろう。当面は毎晩寝る前に明日の「やることリスト」をメモすることで、少しは時間を大切にしようと思う。

テレビではどのチャンネルも同じニュースを流し、特別な事件や災害がない限り、内容は毎日代わり映えしないから、一週間に一度見るだけで十分だと思うことがある。ＢＳで海外の放送局のニュースを見るたび、どうしてこんな重要なことを日本は報道しないのかと不思議に思うことも増えた。

調べたいテーマがあるときは、ネットで検索するより本を読む方がいい。何人もの手によって内容が整理され、何度も推敲されて文章が練られているし、詳細に記載してあることが多いから、結局は手っ取り早い。

周りを見渡せば、私と同世代かそれ以上の人々はガラケーを使っている人が多い。ガラケーも「らくらくホン」も、インターネットにつなげることはできるが、料金を心配して電話とメールしか使わない人が多い。ネットが見たければ、家に帰ってから自宅のパソコンで見るといった具合だ。

彼女らからは、今もハガキや手紙が届くことがある。そういう様子を知るにつけ、彼女らだけがネットに時間を奪われることなく、昔ながらの健康的な暮らしを保っていると思うときがある。

✤ジュリアナ東京

若い人でも、長時間労働、介護、子育てなどで分刻みの忙しさの渦中にいれば、ネットを見る時間はほとんどないだろう。

私も、そういった暮らしをしていた時期があった。共働きと子育ての目の回るような忙しさの中で、世の中の情報から遠ざかっていた。

毎日が体力の限界を超えていて、テレビを見る時間もなく新聞も見出しを見るくらいで、夜は死んだように眠った。

その当時は、保険会社のコンピューター室に仕事で出入りしていたのだが、そこの関西出身の男性社員が扇子《せんす》を片手に、当時流行りの「ジュリアナ東京」で踊る女性の物真似をして、女性社員たちを笑わせている場面に遭遇したことがあった。

だが私は、その「ジュリアナなんたら」を知らなかったので、何が面白いのかさっぱりわからなかった。

流行りの歌やテレビドラマやニュースさえ知らず、その当時の時代背景がすっぽり抜け落ちている。仮に「ジュリアナなんたら」を知っていたとしても、おかしくもなんともなかったと思う。

声を上げてまで笑おうとする事務職の女性たちの大人の気遣いにはいつも感心していた。

関西出身の人と接するとき、「面白いことを言うのは男で、それを笑うのが女」という暗黙の了解を感じることがあった。私はどちらかというと面白いことを言って人を笑わせる方が好きなので、関西では生きづらい。その点、東京の男は屈託なく笑ってくれるから助かる。

スマホで「関西のお笑い」を検索してみると、久しぶりに「夢路いとし・喜味こいし」という漫才師の舞台を見ることができた。大阪市が指定無形文化財に指定した「上方漫才の宝」と言われる実力派の兄弟漫才だ。二人が八十歳近いときの映像だった。

彼らを見て驚いた。舞台に立つ緊張感に何歳になっても耐えられる精神力、立ちっぱなしでも耐えられる筋力、引き締まった身体、きちんとスーツを着てネクタイを締め、髪も櫛《くし》できれいに撫でつけてある身ぎれいさ、言葉に詰まることなく淀みなく話す滑舌の良さ、その暗記力……どれもが驚異的だった。

すべてが今の私に欠けている。死ぬまでボケない人間でいるためには漫才師になるしかないと、私なりの結論を得た。

七十歳を過ぎてからラーメン屋から市議会議員に転じた女性の手記を読んだばかりでもあり、自分がアマチュア漫才師になった姿を想像してみた。

健康にもいいし、もう少し身なりに気をつけるようになるだろう。パソコンに向かって猫背になるより背筋ピンの方がいい。

ダボッとした楽な服ばかり着るのも卒業した方がいいかも。考えてみれば、喪服以外のスーツを一着も持っていない。

✿ のんびり過ごすにもコツがいる

時間の浪費云々をあれこれ反省するのは仕事が忙しいからだ。例えば定年退職して間もない人ならどうだろう。老後のお金もなんとかなりそうだし、今のところは健康にも問題はない。今まで一生懸命働いてきたからのんびりしよう。そういう人なら、私のように「ああ、またダラダラYouTube見て時間を無駄にした」と思うことは少ないだろう。

会社勤めの忙しい暮らしの中で、休日くらいはゆっくりしたい気持ちならわかる。だが定年退職して、土日限定ではなく一生のんびりできるとなったら話は別だ。

老人には「キョウヨウとキョウイクが必要」と言われている。「教養と教育」ではなく、「今日、用がある」と「今日、行くところがある」の略だ。何もすることがないとすぐに老いる。体調も悪くなる。死ぬまで好奇心が必要らしい。

際限なく時間があると、「のんびりする」というのがどういうことかわからなくなる。人は達成感がないと気分が落ち込んでしまう生き物ではないかと思うときもある。

私は一人で長時間何もしないのは退屈に感じるので、できるだけ小さな楽しみをたくさん見つけたいと思っている。

一人でカフェに来る老人をよく見かけるようになった。彼ら彼女らは、読書やクロスワードパズルや数独や編み物をしていて、タブレットで映画を見ている人もたまにいるし、俳句を小さなノートに書きつける人や、電卓を持参して家計簿をつけているお婆さんもいる。

自分が八十代になった頃にはカフェの風景は一変するだろう。GAFAで存分に暇を潰せるようになっている。携帯ゲーム機もさらに進化して広まっているかもしれない。

インターネットは時間泥棒だと書いたが、その何倍もの利点がある。自宅にいながらにして、あらゆる予約や買い物ができ、会社を作ったりユーチューバーになって稼ぐ人もいる。

これから先どんな世の中になるのか想像もつかないが、変化のスピードが加速し続けるのは間違いない。時代遅れにならないよう、新しい機器が発売されたら、私は今後もすぐに試してみるだろう。そしてまた時間を奪われる。

何歳まで時代についていけるのか。

それを考えると不安になる。

インタビューは苦手です

小説を書くようになって、はや十五年が経った。

新刊が出るたびにあちこちからインタビューを受ける。もともとしゃべることが得意ではないし、軽い気持ちで言った冗談を誤解されることも多い。それでもたいていの場合、ライターさんがうまく文章にしてくれて、どこからも批判が来ないような内容に仕上げてくれる。

デビューしたばかりの頃は、新人賞を獲るまでの経緯を根掘り葉掘り聞かれることがよくあった。どこの出版社のどの新人賞に応募して結果はどうだったか、というような具体的な質問だ。

その頃の私はインタビューにも「小説家」という職業にも慣れておらず、「初めて応募したのは○○社の○○新人賞で二次通過止まりでした。その次に応募したのは○○社の……」と、正直に答えていた。

ライターさんは録音レコーダーを回しているうえにメモも熱心に取っている。だから、これは重要な質問なのだと思い込んでいた。

心の中では、新刊の内容と全く関係ないのに、みんながこの質問をすることにウンザリしていたが、顔には出さないよう気をつけていた。だが、いざ雑誌に掲載されると、応募の経緯についいてはひとことも触れていなかった。

どうして書かないのか。小説の内容よりも時間を割いたのに。

そんなことが度重なるうち、もしかしたらライターさんが個人的興味で聞いているのではないかと疑い出した。つまり、ライターさん自身が小説家になりたいと思って新人賞に応募しているが、なかなかうまくいかないので私の経験談を参考にしたいと思ったのではないか。

だからあんなに真剣な表情で聞いていたのか。そうだとしたら、まさに公私混同だ。もしそうであれば、インタビューが終わってから、個人的に喫茶店でざっくばらんに話したのに。

デビューして何年経っても、「作家になろうと思ったきっかけを教えてください」と聞かれることが多くて辟易《へきえき》した時期もあった。「今のサラリーマン生活がつらくて、何とかそこから抜け出したいと思ったから」だとか、「専業主婦で働きに出たいと思っていたが、いい就職先が見つからなかったから」だとか、「それまでの給料が安すぎて何とかしたかったから」だとか、「協調性がなくて、どこの会社に勤めても人間関係がうまくいかず長続きしなかったから」などと正直に答える作家は滅多にいない。

いつだったか、男性編集者にこう尋ねられたことがあった。

――是が非でも書きたいという衝動が抑えきれなかったんですよね？

は？

――ですからね、社会に対する怒りが抑えられなくて、作家にならなければって、一大決心をされたんですよね？

　何を言ってるのだ、自分の思う小説家のイメージを押し付けないでほしい。

　そう心の中でつぶやきながらも、口では「ええ、それは、まあ……もちろんそうですよ」などと調子に乗って答えてしまったことがあった。いくら何でもカッコつけすぎでしょう。

　それとも他の作家たちは、みんなそう思っているのだろうか。そのときの私は、小説を書くというのは職業選択の一つに過ぎないと思っていた。実際に、体力的に会社員生活を続けるのが年々厳しくなってきていて、家でできる仕事が何かないかと考えたのがきっかけだった。だから、「抑えきれない心の衝動」などといった高尚なことではありませんよ、とそのときは思った。

　だけど年齢とともに、その男性編集者の言ったことは本当だと思うようになった。私が小説を書くときは、精神の安定と前向きな気持ちが必要だ。

　原稿用紙換算で五百枚も書くとなれば、社会と闘う原動力がなければ書けないし、何冊も書き続けることはできない。ということは、作家になろうと思った不純な動機と、書き続けられる真《しん》摯《し》な気持ちは別物のようだ。

　そんなある日、インタビュー記事を読んでいると、「またその質問ですか」と、反発している作家の言葉が掲載されていた。今さら作家になったきっかけを聞かないでほしい、作家になってもう〇十年だ、いったいいつまでその質問は続くのか、もっと違うことを聞いてほしいといった内容だった。

そのとき、嫌な質問なら断ってもいいと初めて知った。

「この本を書こうと思ったきっかけは何ですか」

これが最もよくある質問だが、明確な言葉で答えることはできない。とはいえ「わかりませ ん」とか「覚えていません」ではダメだろうと思い、ライターさんが記事を書きやすいような「わかりやすい動機」を答えようとした時期も長かったが、考えれば考えるほど本当の気持ちから離れていくのを感じていた。

物語を書くきっかけは、これと言える明確な何かがあるわけではない。ある事件、ある会話、ある日の知人の行動などではなくて、長年に亘って考え続けてきたテーマを中心に組み立てていくので、それを言葉で説明するのは難しい。

今まで最も印象深いのは、『結婚相手は抽選で』が刊行されたときの女性雑誌のインタビューだ。

「もしも抽選見合いをするなら、芸能人でいうと誰がいいですか?」

思わぬ質問に戸惑った。

この小説は三十五歳までの見合いを書いたものなので、私には当てはまらないと答えると、例えばの話ですよ、芸能人なら誰がいいですかとしつこく聞いてくる。

特に思い浮かばないと答えると、一人くらいはいるでしょうと食い下がる。

押し問答が続き、あまりの執拗さに面倒になり、一刻も早く帰りたい一心で、そのときパッと頭に浮かんだ国民的アイドルグループのメンバーの名を言った。

うちの息子と同世代で、当時うちの子供たちがファンだったから思いついた。冗談のつもりだった。だが出来上がった原稿が届いてみると、そのことばかりに多くの行数が割かれていて驚いた。

想像するに、四角四面の話だけでは盛り上がらないからと、いわゆる「こぼれ話」的なものが欲しかったのだろう。それにしては方向がいまひとつだった。一生懸命書いたのだろうから申し訳ないとは思ったが、その部分は赤ペンで×を入れて全部削除させてもらった。

ついでだから自慢すると、この『結婚相手は抽選で』はテレビの連続ドラマにもなったが、上質な社会派ドラマに仕上がり、ギャラクシー賞も獲った。脚本家の方が時流に沿った内容に仕上げてくださったことに感謝している。

インタビューする側の立場に立って考えてみると、難しい仕事だと思う。仮に私がうまく質問できる場合があるとすれば、その作品に深い思い入れがあるとき以外にない。

ライターさんの中には私の著書に全く興味のない人もいるだろう。それでも仕事だからと、前夜に急いで斜め読みしてきただけの人もいるかもしれない。

それまでは、答えが見つからない質問に対しても、無理やり回答を捻り出していた。そうすると自ずと軽率な内容になり、あとで自己嫌悪に陥った。そういったことを何度も繰り返すうち、インタビューに答えるのが嫌になってしまい、片っ端から断るようになった時期がある。

だがある日のこと、韓国の毎日経済新聞社が電話か書面でインタビューしたいと言ってきた。それまでは対面だったからうまく対応できなかったが、書面なら即答しなくていいから落ち着いて答えられる。苦手な質問も、うまくかわすこともできるのではないかと考えた。

新聞社に勤めるその韓国人男性とは出版社を通じて以前に一度会ったことがあった。当時の彼は日本の大学の大学院生だったが、韓国の出版社にインタビューされたとき、彼が日本語通訳のアルバイトとして同席した。

書面ならOKですと返信すると、びっくりするほど大量の質問がメールで届いたので、またもや後悔した。だが一旦引き受けたからには仕方がないので、ひとつひとつ丁寧に回答していったのだが、その過程で、この方式は最初に想像した通り、私に合っていることを発見した。

じっくり考えることができるから、自分の本心を探ることができるし、適切な言葉を選べる。対面や電話の場合は、気づかない間に緊張しているらしく、話している最中にも、「おいおい、支離滅裂なこと言ってるぞ、大丈夫か」と、自分に突っ込みを入れたくなることが多々あった。

いつも聞かれるのは、「この作品を書いたきっかけ」と「伝えたいことは何ですか」と「今後の刊行予定を教えてください」だ。

作品の内容に突っ込んだ鋭い質問がないときは、私の方からテーマについて思いつくまま話せばいいと、最近になってコツがわかってきた。その方が、たぶんライターさんも記事を書きやすいだろうと思う。

時間をかけて答えたのに、なぜか出版社のプレスリリースをそのまま書き写しただけの記事もあったが。

✤ 講演は苦手です

今まで講演は依頼されるたび断ってきた。

例えば、『女たちの避難所』を書いたときは、大学の看護学部から「災害における性暴力と多様な性への支援」の講演を頼まれた。だが私は災害の専門家ではないから、二時間もかけて話す内容がイメージできなかった。そして、依頼書の最後に「今までの例ですと、謝礼金は大学側に寄付するとおっしゃってくださる方がほとんどです」と、わざわざ但し書きがあったのには驚いた。

そのほかにも、『老後の資金がありません』を読んだ投資会社から、老後の経済について語ってほしいという依頼もあった。経済評論家や証券アナリストに依頼した方がいいのではないか。私は専門家ではないので責任が持てないと考えて断った。

その一方で、作家や音楽家やスポーツ選手などで講演する人が多いのを見るたび心が揺れた。そういった経験は貴重なもので、自分の成長に役立つに違いない。そう考えるから、断るたびに心の中にもやもやが残った。

そういうことが続き、この内容なら話せると思えた講演を一度だけ引き受けたことがある。拙著『子育てはもう卒業します』に関するA市からの講演依頼だ。引き受けたからにはちゃんとやらねばと意気込み、『講演のやり方』のようなハウツー本を何冊も読み、話すべきことを箇条書きにし、ポイントをまとめた原稿を起こした。

滑舌に自信がないので、話し方教室に通ってみようかと考えた。最近はアナウンサー志望だけでなく、営業マンや一般人の会話に役立つコースもあるという。

通おうかどうか迷っているうちに、A市で大雨による災害があり、講演会は急遽《きゅうきょ》中止になった。その連絡を受けて、もう行かなくていいんだと思ったときの、予想以上の安堵感に自分でも驚いた。かなり無理していたらしい。

私は研究結果などを発表するのは得意だ。学生時代や会社員時代には、大勢を前にしても、あがることもなかった。内容が科学的で白黒はっきりしているからだ。

だけど作家として頼まれる内容といえば、人間はどう生きるべきかというテーマに最後には行きついてしまう。

小説なら主人公ヨシコが考えたことや行動したことを書けばいい。雑誌インタビューでは、「私個人的にはこう思うんですよ」と自分の世界を話せばいい。だが講演や人生相談では「あのね、人生っていうのは○○なんです。だからあなたも○○すべきなんです」などと断定要素が入ってしまうのではないか。それを考えると、人ひとりの人生を左右してしまいそうで恐ろしくなる。

私自身、過去に友人や会社の先輩などに人生相談をしたことがあり、そのたびに「○○すべきだ」と全く迷いのない断定的な言葉が返ってきたことで、その後の人生を大きく左右され、後悔した苦い経験が何度もある。

何度目かのとき、人に相談するのは金輪際やめようと心に誓った。自分で右か左か決められないときは、じっとしているのが正解なのだ。つまり、自らの心がはっきり決まるまでは動かないのがいちばんだ。

最近になって、将棋の藤井聡太くんが高校を中退したニュースを聞いた。一つの道を究めるなら、他のことをやってる暇などないと私は受け取った。天才棋士と自分を比べるのはおこがましいが、私も小説を書く以外の仕事を断ろうと思った。

苦手なことを努力で克服する。そういったことを今まで頑張ってやってきた。遡れば、小学生のときからそうするよう学校で教えられてきたし、実際問題、主要教科だけでなく美術、音楽、体育、技術家庭をまんべんなくこなせないと、公立高校を受験する際、内申書でつまずく制度になっていた。

会社に就職したら、実力主義と口では言いながらも、技術的な能力よりも残業時間の多さや飲ミュニケーション力が重視されることもあった。

他の作家のインタビュー記事で、印象に残っているものがいくつかある。

――小説家だというだけで人格者だと思われていることに驚いた。全然違うのに。

――私は引きこもりだから誰よりも人生経験が少ないのに、小説家というだけで人生相談をされる。そういうの、マジで困るんだよね。

こういった正直なインタビュー記事を見ると安心する。

ニュースの洪水に晒される

スイス人のロルフ・ドベリ著『News Diet』がベストセラーになっていると知り、早速読んでみた。そうしたら、またしても自分の日々の暮らしを根本から考えさせられてしまった。

ドベリ氏によると、我々現代人は日頃からニュースの洪水に晒されていて、一年間に換算すると一ヶ月分の時間を無駄にしているという。

本のタイトルにもある通り、彼はニュースを生活から遮断しろと言う。ニュースとして取り上げられるのは、ほとんどが殺人や戦争や事故や災害に関するもので、ほのぼのとした心温まる出来事や善行などは滅多に報道されない。それも、高い視聴率を得るためには、ありふれた交通事故などではなくて、センセーショナルで心を抉《えぐ》られるような事故や虐待や連続殺人ばかりを報道する。

そして、彼は読者に問う。

——地球の裏側で凄惨な事件があったとして、それがあなたに何か関係がありますか？　気分が暗くなるだけじゃないですか？

確かに一理ある。そして、私にも過去に印象的な出来事があった。

二十数年も前のことだ。私はなぜかひどい落ち込みから脱することができなかった。会社でも家庭内でも特段の困りごともないのに、どうしようもなく気分が沈む。そんな日々を過ごしていた。

普段なら、心の中をじっくり探ってみて、「あのとき上司に言われたこの言葉だ」などと原因が見つかるのだが、そのときは何度考えても見つからなかった。

そして二週間くらい経ったある日、はっと気づいた。

もしかして、あの事件ではないか。

その当時、連続殺傷事件が連日のように報道されていた。だが自分とは何の接点もないし、縁もゆかりもない遠い地域で起こった事件だった。だからそれが原因だと気づいたとき、私は心底びっくりした。それと同時に、落ち込みの原因がわかったからほっとして、やっと平常心に立ち戻ることができた。

心を抉られるような事件や事故を見ると、脳裏に焼きついて離れない。自分には全く関係ないことなのに、心にナイフが突き刺さったままの状態になる。

そういうことを考えると、ドベリ氏の言わんとすることは真実だと思う。きっと彼ならこう言うだろう。

——その事件について思い悩んだところで仕方がないのではありませんか？　あなた自身の貴重な時間を奪うだけではないですか？　あなたが落ち込むことで何か犠牲者の役に立つというのならまだしも、何の意味もないのではありませんか？

つまり、ニュースをたくさん知れば知るほど社会のことを知ることができ、教養も身につくと思っていたのは大間違いで、ニュースは役に立たないどころか害悪だとドベリ氏は言う。

そして、世界は二つの領域に分かれると彼は言う。一つは「自分がコントロールできる領域」で、もう一つは「自分にはコントロールできない領域」だと。後者について心配したところで、何の役にも立たないしバカげていると。

そして、世の中の物事の大部分は後者に属している。だから私たちは、自分にできる小さな領域の中で努力して生きていきましょう、新型コロナウイルスのパンデミックの中にあっても、自分の仕事をしっかりやればいいのだと氏は語る。

私が暗い気分になることで、犠牲者の役に立つわけでもない。様々な事件を見るたび、関係のない私が落ち込んでも仕方がない。何の意味もないのだ。

新型コロナウイルスが流行し始めた初期の頃から、情報番組ではＰＣＲ検査がなかなか進まないのをコメンテーターたちが批判していた。全国津々浦々、若者から老人に至るまで「どうして検査が普及しないんだ」と苛々し、焦燥感が増した。

だが今になってみると、日本はPCR検査が進んだ欧米に比べて、いまだに感染者が少ない。当初は大声で批判する人々に同調したが、一年後には私の考えは変わっていた。

専門家や政治家や経済学者も、ウイルス蔓延という初めての経験の中で、迷い続けていたのではないか。彼らはこの一年半もの間、「三密を避けましょう、マスク、手洗いをしましょう」と、子供でもわかるようなことばかり言い続けてきた。

ということは、この一年半の間、全くニュースを見なかったとしても、生活に何の差し障りもなかったことになる。

ボランティアをやりたいが、果たして私が役に立つのか

会社に勤めていた頃のことだ。

その朝、いつものように出社すると、神戸の方で大きな地震があったらしいという話で持ちきりだった。そのとき、同僚の男性が私に話しかけてきた。

兵庫県西宮市に弟一家が住んでいるが、今から新幹線で行って手助けしようと思うが、どう思

うか、というような内容だった。

私は咄嗟に弟夫婦の気持ちを想像した。日頃から運動不足と思われる、既に若くもない兄に来てもらっても足手まといなだけだ。兄が来れば気を遣う。兄の分の食事も用意しなければならないし、寝る場所や布団の準備も要る。

頑強な肉体を持ち、持久力にも自信があり、食事も寝る場所も自分で確保できるのならば構わないが、そうでなければ、いつも通り自分の仕事に精を出し、そこで稼いだお金を寄付するのがいいと思った。

私はしばらく考えたのち、行かない方がいいと答えた。却って弟一家に迷惑をかけるし、心配なら現金を送ってあげるのがいいと彼に言った。

私の答えが想像していたのとは正反対だったようで、彼は納得できない顔をした。だが、午後になってから、やっぱり行くのをやめたと私に言いにきた。

その日は阪神・淡路大震災が起きた日だった。まだニュース映像も流れておらず、あんなに大きな地震だとは誰も知らなかった。

仮に彼が行ったとしても、弟の家には辿り着けなかったのではないかと思う。

✿ 人生の勝ち組とはこんな人

前述のドベリ氏の著作の中で特に興味を惹かれたのは、「人生の勝ち組とはどういった人間か」について書かれた章だ。

彼が言うには、常に楽しい気分でいる人間が勝ち組なのだと言う。

言われてみれば当たり前のことだ。誰しも人生は一度きりしかない。だったら明るく楽しく人生を過ごした方が勝ちに決まっている。そうするためのコツは簡単なことで、暗い気分になることを暮らしから排除することだという。

そしてもう一点は、気分よくいるためには、劣等感を抱いてしまう境遇に身を置かないことだと忠告している。例えば、たまたま借りた安アパートが、高級住宅街の中にポツンとあったり、周りがみんな秀才で、自分だけが凡才であったりすると劣等感の塊になると。

そして仮に自分が科学者だとしたら、ノーベル賞の授賞式を見るのはつらいだろうと氏は言う。なんでアイツがあの程度の研究でノーベル賞を獲れるんだよ。オレの開発した新薬の方がずっと有益だと世間でも認められているのにさ。

つまり、嫉妬や激怒で暗い気分になるだけだから、そういった賞のニュースも見ないようにするのが肝心だというのだ。

劣等感や優越感は性格を歪める。そう思ったのは大学一年生のときだった。

私は世にも不思議な男性のグループを見た。同じクラスの男子五人は、付属中学から無試験でストレートに進学してきたのだった。

私はこれほど爽やかで感じの良い人間にそれまで出会ったことがなかった。裏表のない、人を疑わない、卑屈な劣等感やケチな優越感を持ち合わせていない、つまり純粋で底抜けに明るい男子たちだった。それまで見たことのない種類の人間だったので、私は衝撃を受けた。

私は気になり、中学受験はどうだったかと尋ねてみた。

すると、定員割れしてたから受験者ほぼ全員が合格したのだと言う。

田舎から出てきたばかりの十代だった私は、世間は広いと思った。私の田舎には、私立の中学なんてものはなかったから、都会に生まれると選択肢が多くて羨ましいと思った。その一方で、不公平ではないかと悔しい気持ちにもなった。

彼らはみんな成績がひどかったが、みんな早々に有名企業から内定をもらった。それらも、あの類まれなる爽やかさのお陰なのだろうか。

あの当時、大学の就職課に張り出された求人票には、一枚残らず「女子は自宅通勤に限る」と大きく赤マジックで書かれていた。

地方出身の私は、就職戦線から完全に排除されていた。

✿ 十二個入りの最中《もなか》は多すぎた

一人暮らしの高齢女性に贈るのに、いくらなんでも最中十二個入りは多すぎた。あの最中は一つがものすごく大きい。中に求肥《ぎゅうひ》が入っていて、一つ食べたらお腹いっぱいになる。だけど彼女は友だちが多いから、お裾《すそ》分《わ》けすればいいのではないか。この前も友人をお茶に招いたと言ってた。だが札幌市の感染者が増えたから、俳句の会は当分お休みだとも言っていたような……。だけど、思ったより日持ちするから案外大丈夫だと思う。とはいえ冷凍したら、最中の皮の部分に霜がつき、解凍するとき水分でふやけるかもしれない。ああ、やっぱり失敗した。却って迷惑をかけてしまったかもしれない。

玄関先で宅配便を受け取る彼女を想像した。箱を開けてみた途端に、きっと顔を顰めるだろう。昔の人だから捨てるなんてもってのほかだと考えれば心の負担も大きい。かといって、もったいないからと食べすぎてしまったら、糖分摂り過ぎで身体に悪い。友人のAさんにあげようか、それともBさんはどうだろう。コロナ禍の中わざわざ呼び出すのも悪い……などと頭を悩ませ、そのうち最中を見るたび腹が立つようになりはしないか。

人に物を贈るときは、相手が大家族でもない限り少量がいい。そんなの常識だ。もう少し食べたかったなあと、少し残念に思うくらいの量が胃腸にもちょうど良いのだ。

店先で選ぶとき、どうして十二個入りにしたのか。八個入りでは安すぎて、お礼に見合わないと思ったのだった。そのうえ北海道へ冷蔵で送るときの宅配料金が思っていた以上に高額で、八個入りでは商品価格と送料が見合わないと考えた。

八個どころか六個入りでもよかったのに……。

次の瞬間、私ははっと息を呑んでいた。

もしかして私、心を病んでいる？

贈った最中の個数を、まるで人生の岐路か一大事での失敗のように後悔している。爆弾を送ったわけでもないのに、今さら悩んでも仕方がないのに、長々とくよくよしている。

そんな自分の異様さに気づいて、心底びっくりしていた。

こんな些細なことで、ここまでくよくよ落ち込むなんて……。

頭がおかしくなっているぞ、自分。

これもコロナのせいなのか？

確かにそれも少しはあるだろう。でも、それだけじゃない。最大の原因は時間に余裕のある生活になったからではないだろうか。

札幌にすむ知人が立派なグリーンアスパラなど野菜の詰め合わせを送ってくれたので、そのお礼にと、デパートで最中の菓子折を買って宅配便を頼んだのだった。その帰りに、一階のベーカリーカフェに寄った。

既に目の前には注文したサラダランチが置かれている。

それに手もつけず、食べるのを忘れたかのように、知らない間に微動だにせずトマトをじっと睨んでいた。

頭の中は最中のことでいっぱいで、後悔がぐるぐると回っていた。

多忙な人は人を傷つけている

暇だと人間ダメになると聞くが、今の自分がそうなのかもしれない。

時間的余裕があるといっても、毎日が暇というわけではない。ありがたいことに仕事の注文は次々に来るので、「いずれ手が空きましたら」と言って断っている。

というのも、「来年の九月から、××についての連載を始める」などと約束すると、小心者で心配性の私には心の負担が大きすぎることに、ある日気づいたからだ。

以前は、ほとんどの出版社が「テーマは何でもいいですよ」と言ってくれたのだが、最近は提案してくるところが多くなった。

いざ連載時期が近づいたとき、事前に取り決めたテーマについての関心が薄れていることがあった。それどころか、日々刻々変わる世の中で、それまで理不尽だと思っていた事柄が、自分なりに納得できたこともあり、「そんなこと、もうどうだっていいんじゃない？」と、急激に興味を失ったこともあった。

つい最近も、連載中に法律改正があり、出版前になってストーリーを修正した。だから、あまり先のことまで約束したくない。

毎日仕事をしているといっても、子育て中の分刻みの多忙さとは比べようもない。人間は暇だと余計なことばかり考えるから忙しい方がいいと、昔からよく言われている。確かにそういった面があるのだろう。

最近は午前中に集中して仕事をしたら、午後はもう集中力が残っていないことが多くなり、本を読んだりネットを見たり、あちこち出かけたりするようになった。昼寝して思考力が回復すれば、夕方になって再びパソコンに向かうことも多いが、スポーツジムに行った日は、疲れ果てて何もできない。つまり時間はあっても、小説を書けるほどには集中力が活性化していない時間が多い。

SEをやっていた頃は、朝から晩までロジックを考えて、脳ミソがパンクしそうで、眼精疲労もあり、こんな仕事をしていて大丈夫なんだろうかと心配だった。だが小説を書くようになってからは、SEより更に眼精疲労がひどく、思考力ときたらもっと短時間で限界に達する。それに加えて、SE以上に精神的安定までが必要だ。

振り返ってみれば、忙しすぎて他人のことなどかまっていられない時期が長かった。悪気はないのだが、友人の誘いは全部断っていた。

「ジャムを大量に作ったのよ。もし必要なら送るけど、どう?」などといった親切な電話に対しても、「要らない。うちは誰も食べないから」というような身も蓋もない返事をしたことも多々あった。

その当時は気づかなかったが、今思えばきつい言い方に聞こえたと思う。相手も私と同じように殺人的に忙しい日々であれば、「あっ、そう。ジャム要らないんだね。わかった。じゃあ○○さんに電話してみる。それじゃまた」などと言って、すっきり電話は終わる。

だが、そうではない時間的余裕がある人は、電話を切ったあとも私の言葉を何度も思い出し、「なんて失礼な人なの。人の親切を無にして」と、腹を立てたかもしれない。

私を嫌いになるだけならいいが、傷ついてくよくよ悩む人がいたら、申し訳なかったと思う。きっと私は多くの人を傷つけてきたんだろう。それに気づいたのは、前述の十二個入りの最中を送ったのがきっかけだった。自分も時間的余裕のある側に立って、やっと気がついた。

常に多忙だったから、人の親切を余計なお節介だと思い、鬱陶しいと思っていた。調理が面倒な物が送られてきたときは、感謝するどころか腹立たしく思ったことさえある。

生活環境の違いで話が合わないことはとても多い。例えば、裕福か金欠か、既婚か未婚か、子供がいるかいないか、老親の介護をしているかどうかなど色々ある。だが、それ以上に、多忙か暇かでも生活感覚を共有できない。

子供たちが独立して家を出ていったあと、知人たちが寂しそうに呟くことがある。

「娘に◯◯を送ってやったのに『ありがとう』の電話もないし、息子にメールしたけど何日経っても返事が来ない」

それを聞いたとき、私は自分が多忙だった頃を思い出し、若い人はみんな忙しいし、悪気はないけど返事ができないことがあると言ってみた。すると知人は、「電話を一本かけるくらい数分のことだ。冷たいし礼儀知らずだ」と言い返した。

それを聞いて、きっと私もそう思われていた時期があったに違いないと知った。電話一本かけるだけでも、心身ともに疲れ果てているとできないときがある。自分の子供にご飯を食べさせる方が、親にお礼の電話をかけるより優先順位が高い。それに、電話して「ありがとう」とひとことだけ言って、すぐに電話を切るわけにもいかない。ついつい長電話になる。

今現在はゆったりした老後を過ごしている人でも、若いときは多忙を極めた人が大多数だろうと思う。だが、若かりし日の多忙さを忘れてしまう人もいるらしい。

それを考えると、この世の中にメールが出現して本当に良かったと思う。自分の都合の良い時間に連絡することができる。

最近は、実家の母や友人から「◯曜日の◯時に電話してもいいか」と、あらかじめメールが来るようになった。そういった流れができてからは、あれも話そう、これも話したいと前もってメモし、心置きなく長電話を楽しめるよう、仕事や家事を急いで済ませ、その時間に合わせてお茶の準備までしておくようになった。

そうなると、おしゃべりは俄然楽しくなる。

特にこのコロナ禍の中では、精神の安定のためにも助かっている。

頑固な先入観と言いますか偏見

外を歩いていると、都議選の選挙カーに出会った。

大音量で「〇〇は二児のパパです！」という言葉だけを何度も繰り返している。どこかで聞いたことのある声だと思って車を見ると、頻繁にテレビで見かける野党の衆議院議員が乗っていた。目が合うと、「〇〇をよろしくお願いいたします。彼は二児のパパなんです」と私に向かって言う。

「二児のパパなら何だっていうの？　政策はどうしたの」と心の中でつぶやきながら、私は目を逸らして通り過ぎた。

家に帰ると、知り合いの女性からメールが届いていた。

――なんで今までモヤモヤしていたのかわかったよ。

一行だけしか書かれていなかった。

URLが貼り付けられていたのでクリックしてみると、女性落語家のブログが現れた。タイトルは、『『一児の母』は私のプロフィールではありません。』というものだった。

その落語家は、結婚していることも子供がいることも特に隠しているわけではないが、高座に上がる直前に、司会者から客席に向けて「一児の母です」と紹介され、そのせいで笑いが半減するという。事務所や主催者側に、言わないでほしいと何度頼んでも勝手に言われてしまうらしい。

その一方、男性の落語家が「〇児の父」と紹介されるのは聞いたこともないと彼女は書いている。仮に「〇児の父」と聞いたとしても、そのことで笑いが半減することはないだろうと彼女は言う。

一児の母であることを知った途端に、観客が笑わなくなるのはどうしてなのか。

女の背後に、「保護者」である夫が見え隠れし、そのうえ子供までいる。そんな平凡な幸せを摑《つか》んでいる女の落語なんて、聞いたってつまらないに決まっている。だって、彼女にとって落語なんて単なる「お遊び」なんだから、という偏見かもしれない。

——女だてらに落語家である。

たったそれだけの情報で、勝手に背景を決めつけ、彼女を見下そうとする。

本人は日々刻苦研鑽《こっくけんさん》してプロ意識があるのに、『一児の母』と聞いた途端に世間はプロとは認めない。安定した暮らしをしている主婦の「素人芸」だと決めつける。

固定観念とは、こうも人々の心の中に深く沁み込んでいる。

このメールをくれた知人に尋ねたところ、「今まで私も、既婚か未婚か子供ありかなしかなどの属性をどこでもいつでも遠慮なく尋ねられ、私のことをよく知りもしないうちから、それらの属性でどういう人間かを決めつけられてきた」ことに気づき、それがモヤモヤの原因だとわかったと言う。

あなたらしくないと言われても

小中高のいずれでも、「そんなの、あなたらしくないよ」と教師から言われたことがある。

だが当時の私は、意味が全くわからなかった。いったい、私らしいとはどういうことなのか。そもそも教師が私の何を知っているというのか。

そのうえ、この言葉がどういう場面で発せられたのかを一生懸命思い出そうとするのだが、何ひとつ思い出せない。ということは、進路などの重要なことではなく、私にとっては取るに足らないことだったと思うが、教師には見過ごせない何かがあったのだろう。

具体的なことは思い出せなくても、「矯正」や「脅し」や「操縦」といったイヤな空気感だけは昨日のことのように一気に甦る。

教師よりもっとタチが悪いのは親だ。子供の頃に、親に様々な「決めつけ」を言われた人もいるだろう。

――お前は運動神経が鈍い。

――あなたは絵の才能がまるでない。

――うちの家系は理数系が得意だ。

もっとこまごましたものもあるだろう。

――あなたは、ショートの髪型は似合わない。

――お前には○色の服は似合わない。

知人たちの話を聞くと、親の言葉で一生を左右される人が多い。親がたまたまそのときの気分で放った無責任でいい加減な言葉だと気づくのは大人になってからで、気づいたあとも、なぜかずっと引きずられてしまう。

私も例外ではない。うちは両親も姉も運動が得意だったので、よく比べられて、私は運動神経ゼロのように言われて育ってきた。そして私はそれを信じ、中学に入ったときに運動部に入るのをあきらめてブラスバンド部に入った（夏休みも毎日練習があり、そんじょそこらの運動部より厳しかったのは誤算だった）。

その当時から何十年にも亘って、心の中では納得できていなかった。水泳は全種目かなり得意だし、卓球やバドミントンなどのラケット競技は結構うまい方だと思うのだが……。

小学生のとき、市内の卓球大会で二位になったこともある（中高で県大会や国体に出た方、どうか笑わないでやってください）。体育の授業での走り高跳びの背面跳びも上手だった。スイミングに通っていたときも、バタフライの時間になると、インストラクターから決まって名指しで「あなた、みんなに見本を見せてあげて」と言われた。

そんな様々な経験があるのに、親の言葉は脳裏に焼き付いていて、私は運動神経ゼロ人間だと思い続けて生きてきた。

今になって考えてみると、昭和時代以前の運動神経の良し悪しというのは、短距離走の速さに限定されて語られていたのではないかと思う。うちの両親は二人ともリレーの選手だったことをよく自慢していた。バトンが渡されると、ごぼう抜きで一位に躍り出たのだと何度も聞かされた。父は剣道、母はテニス、姉は卓球と、それぞれ卒業まで部活に励んだ。

だが、あれはいつだったか、有名なオリンピック選手たちが「短距離は人に笑われるほど遅いんですよ」だとか、「球技はまるでダメなんです」だとか、さまざまな発言をしているのを聞いたときに、「運動神経は百かゼロか」というような単純なものではないと、遅ればせながら知った。

そして、「球技はまるでダメ」と笑って話す体操の五輪選手に対しても、本当にそう言いきれるほど真剣に球技に取り組んだ経験が果たしてあるのか、体育の授業で数回ちょこっとやってみただけではないのかとの疑問も浮かんだ。どんなことでも、一定期間努力してやってみないと、向き不向きはわからないと思うのだ。

——私はピンク色の洋服は似合わないけれど、ブルーなら似合う。

三十年ほど前までは、そういった会話は普通のことだった。

だが今は違う。カラー診断というものが流行るようになり、カラーコーディネーターなる職業が現れたことで、似合う色味はもっと細かく分類されることをみんなが知ることとなった。

ピンクと一口に言っても、パステルピンクは似合わないが、サーモンピンクなら似合う、というふうに、「赤」「黄」「緑」というような大雑把な括りの中にも、必ず自分に似合う色味を見つけられるようになった。

あらためて考えてみると、理系か文系かという分け方も、あまりに大まかすぎる。世の中には理数系が苦手だという人が多いが、本当にそうなのだろうか。何か一つ理解できなかったトラウマで、反射的に嫌悪が湧き上がり、心の中で拒絶感が芽生え、頭にスッと入ってこなくなることもあると思う。

コンピューター関連が不得意で、スマートフォンやパソコンが使えないと言う中高年に出会うたびに、そう思う。

挑戦か安定か

知人の娘が薬学部に進学したときのことだ。

数学が苦手だから、受験科目に数学がない大学を選んだという。

それを聞いたときは、数学のない理系の学部入試があると初めて知り驚いた。しかし、薬剤師の実際の仕事で、難解な数学を解く場面があるだろうか、とあとで考え直した。例えば医師になりたいという強い希望を持っている人でも、受験科目で引っかかり、諦める人もいるだろう。いったい、受験科目と将来の職業との整合性は取れているのか。受験科目の縛りで、将来の職業選択の幅が狭まっている気がしてならない。

それと同様に先入観というものは、「洗脳」という恐ろしい言葉や「偏見」に置き換えてもいいほど、人生の選択肢が狭まり、足を引っ張ってしまう。

ある職業を目指そうとしたとき、「それはお前には無理だ」「あなたの性格には向かない」などと横槍が入ると、気持ちを建て直すのに時間がかかる。悪気のない親切な人が、どうにかしてあなたの向こう見ずな決心を変えさせようとする。それが原因で、気持ちが挫《くじ》けてしまう人もいるだろう。

例えば芸能人、画家、音楽家、小説家を目指すのは最も無謀なことであり、身内なら大反対するだろう。私の母も、「小説家になりたい」と言う私を「頭のオカシイ人間」を見るような目で見たものだ。そんな横槍が多すぎると、ひどいときには、「私は何をやってもダメな人間だ」と思い込む場合もある。

こう考えていくと、人にアドバイスをするのは空恐ろしいことだと思う。親世代からの横槍の中には、既に時代に合わない「男とは〜」「女とは〜」「母親とは〜」などの「べき論」調の助言もあるに違いない。そのうえ、この世の中には、アドバイスを乞うてもいないのに、助言したがる人が多いときている。

——何言ってんの、何もわかってないくせに。

そう思って突っぱねたとしても、心のどこかで気になっていたりするものだ。突っぱねるどころか、真正面から受け止めて信じてしまう場合もあるだろう。

寿命が延びたことで、人生二毛作だとか三毛作だと言われるようになった。「終身雇用制」という言葉も時代にそぐわない。六十歳で死ぬなら「終身」だが、それより長生きする人が圧倒的多数だ。

これまで先入観や偏見に雁字搦《がんじがら》めにされて生きてきた人は、自由な発想で六十歳から全く別のことにチャレンジしてもいいのではないかと思う。

そのときは、無責任な他人のアドバイスは無視してください。

パーッと、思った通りやっちゃってください。

プワーッと、思いきり跳んじゃってください。

死の床で後悔しないでください。

今夜、「死ぬまでにやりたいことリスト」を書いて、片っ端から挑戦しちゃってください。

男性から握手を求めてはいけない

中国の雲南省へのツアーに参加したときだった。

「俺は明治大学の出身でね」

国立公園のベンチで休憩しているとき、たまたま隣に座った男性がいきなりそう言った。彼は同じツアーに参加している八十五歳の男性だった。

私は深く考えず、反射的に「あら、私も明治ですよ」と言った。それを聞いた途端、彼は一気に親しみが湧いたらしく、そのツアーの間、ちょくちょく私のそばに来ては、学生時代の話を聞かせるようになった。

彼は使い道に困るくらいお金があるのか、妻に先立たれたあと、年に三回は海外旅行をしていると言った。その合間に国内ツアーにも参加しているし、日頃は町内会長も務めていて、余暇にはテニスを楽しむと言い、私の親と同世代だが、私よりずっと体力も気力もありそうに見えた。

彼はいつも一人でツアーに参加するらしいのだが、申し込むときには「相部屋希望」の欄にチェックを入れるという。そこで見知らぬ男性と同室になって四方山話《よもやまばなし》ができるのもまた、ツアーの醍醐味なのだと教えてくれた。これまで何度も明治の現役大学生や卒業生と同室になったことがあるらしい。マンモス校であることを考えれば、そして彼のツアーへの参加回数の頻繁さから推察しても、同窓生と相部屋になることは、確率的には不思議なことではないだろう。同じ大学の先輩と後輩であるというだけで、若い彼らは年老いた自分を色々と気遣ってくれるのだと、彼は嬉しそうに語った。

彼は明治大学を卒業したことを、ずいぶんと誇りに思っているようだった。大学進学率が一割の時代だったから、大学を出たこと自体を自慢に思う世代なのかもしれない。

一週間に及ぶツアーの最終日のことだった。彼は「いやあ、本当にお世話になりました」などと言いながら、ツアー参加者に握手を求めて回っていた。

手を差し出された七十代の女性二人連れは一瞬顔を強張らせたが、ここで断ったりしたら雰囲気が悪くなると瞬時に判断したのだろう。長年に亘る「嫁」としての生活で身につけた処世術なのか、精一杯の愛想笑いを返しながら手を差し出したが、その表情からは「我慢」が透けて見えた。彼は差し出された女性の手を両手で包み込むようにして握り、上下に大きく揺さぶった。

遠目にそれを目撃した私は、私のところにも来るかもしれないと思い、飲み物を買いに行くふりをして、即座にその場を離れた。

そのとき、学生時代に読んだフランスの書籍をふと思い出した。西欧社会の礼儀について書かれていた。

――決して男性の方から女性に握手を求めてはいけない。

彼は朗らかで爽やかな人物だったし、すらりとした体軀《たいく》で背筋が伸びていて、高齢だがスポーツマン的な清潔感があった。つまり、決して「脂ぎった」と表現されるようなイヤらしい感じのする男性ではなかった。

彼は、自分から女性に握手を求めることが、セクハラだとかパワハラだなんて夢にも思っていなかっただろう。心の底から「みんなと仲良くなれて楽しい一週間だった。どうもありがとう」などという感謝の気持ちだけで手を差し出したに違いない。

――男性の方から女性に握手を求めるのはやめた方がいいですよ。

そう言うのが本当の親切ではなかったのか。だけど、それを説明したところで、きっとピンとこないだろうから、もっとはっきり言おう。

――絶対にやめるべきなんですよ。女の人の中には、それまでの楽しい旅が一瞬にして台無しになってしまう人だっているんですからね。

これは言いすぎかもしれない。きっと傷つくだろう。彼もまた、それまで楽しいと思っていた旅が台無しになる。

じゃあどうしたらよかったのか。理解できようができまいが、一時間かけて女性心理を説明するべきだったのか。

ほとんどの女性が、親しくもない男性に手を握られるなんてゾッとすると思っていると思う。それは若い女性だけでなく、七十代、八十代になっても変わらない。

テレビで東京オリンピックを観戦しているときも、そのことが気になって仕方がなかった。男性コーチが闘い終わった女子選手を抱きしめようと両手を広げて駆け寄ったり、肩を抱こうとしたり、背中を撫でようとする。

だが、器用に身体を捩《よじ》って避けようとする女子選手がちらほらいることに気がついた。タイミングを逸して避けられず、されるがままになってしまう女子選手も多かった。

そのときの、じっと耐えるような暗い表情や、引きつった愛想笑いが私の脳裏に焼きついて離れなくなった。発展途上国の国々にその傾向が強いように見えたが、米国オリンピック競技団体のコーチや職員のうち、女子選手に対する性的虐待で訴えられた男性は、一九八二年から今日までに二九〇人にのぼるという。たぶんそれは氷山の一角で、泣き寝入りした選手の方がずっと多いだろう。

見ていると、男性コーチが女子選手の肩に手を回して身体を密着させながら、頬と頬がくっつくくらいの近さで顔を覗き込んでいる。きっと勝者には「すごいぞ、よく頑張ったな」だとか、敗者には「残念だったな、気を落とすなよ」などと言っているのだろうから、他意はないかもしれない。私自身が握手やハグの習慣がない昭和の人間だから、単なる習慣に過ぎないのに大げさに捉えてしまう部分もあるのだろう。

だが、卓球の伊藤美誠選手の男性コーチは、少し離れた所で目を見合わせてコクンとうなずいて見せたり、スキンシップといっても、せいぜいコロナ禍で生まれた「肘タッチ」だけだ。そうなると逆に目立つ。三十代という若さもあるからか、爽やかな印象を持った。

年配の男性コーチは、女子選手を自分の子や孫のように思うから可愛くてしかたがないのだという見方をする人もいるだろう。だがそれは、間違った性善説に基づく考え方だと、様々なセクハラ事件のニュースを見ていて思うようになった。それが証拠に、三十歳を過ぎた女子選手や大柄な柔道の選手よりも、か細い十代の女子選手の方がボディタッチの「被害」に遭うことが多いように見えた。

世の中は以前よりずっと男女差がなくなった。職業も行動も発言においても、女性が活躍の場をどんどん広げている。そんな中にあっても、私が男女の違いを強く感じる点が、こういった身体を触れ合わせる場面だ。

例えば年配の女性が若い男性に、「お世話になったわね。ありがとう」などと言いながら手を差し出したとする。男性の中には「なんでオレがこんなババアと握手しなきゃなんないんだよ」などと心の中で舌打ちをする人もいるだろう。だが、これもまた社会人としての礼儀だと考えて、笑顔さえ浮かべて女性の手を握り返すことだろう。ここまでは男女ともに同じ行動だ。

だがここからが違う。あとで何度も手を洗わずにはいられないほどゾッとしたり、何日経ってもそのときの感触を思い出して嫌な気持ちになるといったような、女なら誰しも経験のあるそんな気分に陥る男性は、かなり少数派ではないだろうか。

この男女の感覚の違いで、痴漢がどれほど重い罪であるか、そして性犯罪に巻き込まれて精神を病んだり自殺したりする女性の気持ちが、男性には本当の意味では理解できていないのではないかと思うのだった。それらの刑罰が、女性からみたら信じられないほど軽いのは、こういった感覚の違いが原因ではないかと思うのだが、どうだろうか。

米駐日大使に任命されたキャロライン・ケネディが着任したときのことだ。彼女に握手を求めようと、たくさんの男性政治家や政府関係者が次々に手を差し出している映像を見た。どう見ても、日米友好のための握手には見えなかった。いわゆる「名門ケネディ家」の魅力的な女性に、この際あわよくば触れてみたいといった好奇心と、「彼女と握手したよ」と人に言うための虚栄心に見えたのだが考えすぎだろうか（私は生まれついての「考えすぎ人間」なので許してほしい）。

つい最近では、米副大統領に就任したカマラ・D・ハリスが、某国の大統領に握手を求められたあと、自分の服の腿《もも》の辺りに手の平をゴシゴシと擦りつけて拭き取る映像が、様々なYouTubeで流された。どれも何万回も再生されていた。

なんだ、そうか、カマラ氏の細かな仕草に気づいて同情した「考えすぎ人間」は私だけじゃなかったらしい。何も私だけが異様に潔癖症というわけではなかった、と再確認できて安心した。

とはいえ、政府の要人ならば、「握手はお断りです」などとはっきり言うわけにもいかないだろうし、飲み物を買いに行くふりをして柱の陰に隠れることもできないから、そういうときは場違いであっても、エリザベス女王やハイヤーの運転手みたいに白い手袋をしたらどうでしょうか。

コロナ禍の中、欧米ではスキンシップができなくなってつらいだとか、日本人の挨拶といえばお辞儀をするだけで抱き合ったりしないから感染者が少ないとか言われてきた。そんなニュースを聞くたびに、日本に生まれてよかったと思った。

そして、欧米のスキンシップの習慣を苦痛だと感じる欧米人もいるのではないかと疑うようになった。いったいどういう関係なら左右の頬を順にくっつけあうのだろうかと、細かいところまで尋ねてみたい気がした。

それよりも何よりも、スキンシップを求めて眼前に迫りくる相手から咄嗟の機転で逃れるには、どのような方法があるのかを知りたくなった。

考えてみれば、いつの時代も、歳の離れた男性を「お父さんのような」だとか、「お兄さんみたい」と慕ったり尊敬したりする女性がセクハラに遭ってしまう事件が後を絶たない。人の心は読めないし、何が真実なのかがわからなくなる。

こうも世の中は生きにくい。

女子刑務所は要らない

ここのところ、女子刑務所について調べている。来年から始まる連載の舞台となるからだ。調べていくうちに、根本的な疑問に行きついた。

——いったい女子刑務所とは何のためにあるのか。

そんなことは、それまで考えたこともなかった。罪を償《つぐな》うためにある、という決まり文句しか思い浮かんでこない。

考えてみれば、毎日のように事件が起きて犯人が捕まっているのに、一度たりとも深く思いを馳せたことがなかった。ニュースから流れる情報を、連日シャワーのように浴びているからか、「警察」や「拘置所」や「刑務所」や「受刑者」などという言葉だけが、ごくありふれたもののようになって耳を通り過ぎていた。

だが調べるに連れて、犯罪者に対する考えが変わってきた。

女子刑務所に収監されている受刑者たちの大半は、なんら悪いことをしていないと思うようになった。というのも、六十五歳以上の受刑者の約九割が万引きで捕まっている。原因は貧困だ。スーパーマーケットでの窃盗が多いが、最初の頃は平謝りに謝って、なけなしの現金から代金を支払えば店長も許してくれたが、度重なると通報される。警察署に引っ張られると、初回は警察官に「二度とやっちゃダメだよ」と厳重注意で帰してもらえたが、それも度重なると、たった数百円の総菜であっても刑務所送りとなる。

そして三十代以下の場合は、覚醒剤で捕まる女性が半数を超えている。その裏には、ほぼ間違いなく男がいて、彼らの誘いや強要がきっかけとなっている。女性が興味本位から自ら進んで覚醒剤を試してみようとしたわけではない。

みんなマトモな生活がしたいと願っていて、仕事さえ見つかれば、がむしゃらに働くのにと悔しがっている。以前は倹《つま》しい生活をしていたのに、詐欺に遭ったり、悪い男に騙されて借金を背負わされたりして、生活基盤を失ってしまったのだ。親きょうだいからも見放され、そうでない場合でも親族も貧困に喘《あえ》いでいる場合が多く、この世の中に頼れる人間は一人もいない。

彼女らは、刑務所に入らなければならないほどの大罪を犯した犯罪者ではない。それどころか犠牲者ではないだろうか。

そう思った途端に気が滅入った。彼女らは「特殊な人」なんかじゃなかった。

私は小説を書くとき、登場人物が何人いようが、男だろうが女だろうが、小学生だろうが八十歳だろうが、自分ならどうするかを考える。今回は物語を書き進むうちに、彼女らに感情移入しすぎて、精神的なダメージを受けそうな予感がした。

もしも自分が刑務所に送られたらと様々に想像を巡らした。その中で最も精神が参ってしまいそうなのは、刑務所内で反省を求められることではないかと思い至った。そもそも何をどう反省すればいいのかが皆目わからない。

――スーパーの店長には申し訳ないと思うけれど、食べていくためには万引きせざるを得なかったんです。それがいけないことですか？　ええ、法律上は罪だってことはもちろんわかってますよ。だけど……だったらどうすればよかったんでしょうか。飢え死にした方がよかった、ということなんでしょうか。

私なら反省するどころか、怒りをぶちまけるかもしれない。

そして三十代以下の女性たちは……。

――覚醒剤なんて本当はイヤでたまらなかったんです。だけど、拒否したら、ひどい目に遭わされるから、それが恐ろしかった。あなたなら拒否できますか？　殺されても拒否すべきだったとおっしゃってます？

人の心は覗けないから、反省しているかどうかなんて他人には全くわからない。それは、言葉や態度や反省文から判断するしかない。

誰しも一日も早く刑務所を出たいと思っているだろうから、心とは裏腹に、常に「反省しているふう」を装わなくてはならないことになる。刑務官の前で四六時中そういった演技を続けるのは相当つらい。誰だってつらいだろうけれど、私の場合はそれ以前に、うまくやり遂げられる才能が欠片《かけら》もない。刑務官を見る一瞬の目つきですぐにバレてしまうだろう。視線にさえ気をつけるとなると、ストレスが溜まって病気になりそうだ。

　そして、そういった演技の日々を過ごしていると、刑務官に対しての反発心がムクムクと湧き起こってきて当然だし、その怒りを一瞬たりとも顔に出さないでいるなんて、更に至難の業となる。

　刑務官に気に入られるために、神業《かみわざ》――常に全身で反省を表す――を用いて早めに出所できたところで、帰る家はない。心待ちにしてくれる家族もいない。安らげる布団一枚ない。だからまたしても食べていけなくなって窃盗を働いて元の木阿弥《もくあみ》となり、服役を繰り返す。

　一刻も早く「ムショ」を出て「シャバ」の空気を吸いたいと願っていたはずなのに、現実はこうも厳しい。

　コロナ禍の今、不安を全く感じないで生活している人は少ないと思う。新型コロナウイルスは、いくらなんでもそろそろ収まるだろうと踏んでいた。それなのに、次々に変異して感染がどんどん広がっている。仕事を失った人はもちろんのこと、在宅勤務になっただけで、それまでと給料が変わらない幸運な人であっても、漠然とした不安定感が胸の奥底に巣食っているのではないか。

　一般人でもそんな状態なのに、女性受刑者にとって、出所後の「シャバ」は不安だらけだ。ただでさえ自信を失くしているのに、それまでより更に冷たく殺伐とした世間の空気を敏感に察して、生きていくことが空恐ろしく感じられると思う。

　刑務所内の環境も年々悪くなっている。というのも、女性の犯罪者は男性の約一割であるため、もともと女子刑務所が少ない。だが最近になって覚醒剤や万引きなどの窃盗犯が増加しているために、ピーク時には収容率が一二〇パーセント以上になった女子刑務所もある。独房を二人で使用し、六人収容の部屋に八人も入れられている。

病院や特別養護老人ホームなどの施設なら、収容状況によって入所を断ることができるが、刑務所の場合は裁判で有罪が決まり、送致されたら受け入れを断ることはできない。

見渡せば白髪の受刑者も多く、八十代や九十代では、膝の関節炎や心臓が悪いと訴える人や、喘息や癌を患っている人が多くいる。だが、その一方で、どんなに年寄りであっても、病気でなければ八時間の作業をしなければならない。洋裁作業場で黙々とミシンをかけている高齢受刑者たちを見た人々は、やるせない気持ちになるという。

想像しただけで息苦しくなってくる。刑務官にずっと見張られながら一日八時間も働くのは容易ではない。トイレに行くにも許可がいる。私的な会話も許されていない。同じ働くといっても、会社での勤務とは自由度が全く違う。そんな息詰まる中で作業をしても、月に数千円の「作業報奨金」しかもらえない。

——は？　あなた何を言ってるの？　安いとか高いとかの問題じゃないでしょう？　会社や工場に働きにきているんじゃないんですよ。彼女らは犯罪者なんです。犯罪者が刑務所内で小遣い稼ぎしてどうするんですか？　世間が許しますか？

そう反論する人も、きっと多いと思う。自分たち一般人は、罪を犯す人々とは生きる世界が違うとでもいうように、みんなが一線を画している。自分には関係ないと思っている。

だが、もしも自分なら……と想像してみる。懲役期間のうちに少しでも多く稼いで、出所後の生活に備えたい。それができないなら手に職をつけさせてほしい。

襖《ふすま》貼りやら木彫り職人のような、最近ではなかなか需要の少ない職種ではなくて、エステティシャンだとか、ネイリストだとかヘルパーだとか。それと、どんなにボロでも狭くても構わないから、出所後しばらくの間はアパートを用意してもらいたい。そうでなければ、また刑務所に戻ってきてしまうのは火を見るより明らかだ。

そんな重苦しい空気の中、底抜けに明るい一群がいるという。それは夫殺しで入所した女性たちだ。

——この世にアイツはもういない。二度と殴られることも蹴られることも首を絞められることもない。逃げても逃げても追いかけてきたけれど、もうその心配もない。「そのうちきっと殺される」という恐怖心も消えた。幼い息子や娘がひどい目に遭わされなくて済む。やっと一筋の明るい未来が見えてきた。

こういう女性たちに罪はない。正当防衛が成立する条件を根本的に考え直すべきだ。

女子刑務所の刑務官は、全員が女性だが、採用後一年未満で四割が退職するという。採用後三年未満だと七割にもなる。だからか刑務官のほとんどが三十代以下だ。理由は労働環境のひどさだという。

女子受刑者のうち六十歳以上が四分の一もいて、その多くが糖尿病や白内障を患っている。認知機能が低下している人もいる。トイレに付き添い、下着を自力で下ろせるかどうかを確認するのも刑務官の役割だ。

表情が虚《うつ》ろになっていないか、熱中症は大丈夫かと、一見健康に見える受刑者に対しても、高齢を念頭に置いた普段からの気配りが欠かせないという。まるで介護施設だ。

刑務官たちは、看護や介護を想定した訓練を受けていないから、重篤な病気や障害を抱える処遇困難者への対応も一から覚えなければならない。

ヨーロッパの中には、六十五歳以上の受刑者は刑務所でなく福祉や医療のサービスが受けられる施設に入所させる国もあるという。日本はといえば、あらゆる状態の受刑者を、刑務官だけで受け持たなければならない。オーストラリアでは刑務所廃止論も出ているらしい。

――どうすればいいですか？　出所したところで、七十代、八十代、九十代の女性を雇ってくれるところがありますか？　いったい私たち、どうやって生きていったらいいですか？

生活保護を受けるのもそう簡単ではないという噂を聞けば、そんな悲痛な声が聞こえてきそうだ。

考えれば考えるほど、小手先の改革ではどうしようもないのだとわかってくる。

刑務所では人間は更生しない。そこに私の考えは行きついた。

必要なのは更生ではなくて、住む家と仕事なのだ。

『老い』をきっかけに人生を大転換させる

ボーヴォワールが『第二の性』の約二十年後に、『老い』を発表したのは六十二歳のときで、つい先日、私も同じ年齢を迎えた。

そして私もまた自分が老いてきたことを、他人の言動や視線から感じることが日々増えてきた。

この夏、度付きサングラスを買ったときのことだ。

「メガネが出来上がりましたらご連絡いたしますので、電話番号や氏名などの入力をお願いいたします」

そう言いながら、店員は最大サイズのｉＰａｄ Ｐｒｏを私の目の前に置いた。私の外見から、だいたいの年齢を推測したのだろう。きっとこのオバサンは使い方を知らないに違いないと判断したようで、「まずね、ここをタッチしてくださいね」などと、幼児に話しかけるような口調と笑顔だった。

「同じの持ってますから知ってます」と言って、私は一人で全項目を入力した。店員が親切のつもりで丁寧に対応しようとしているのはわかっていたが、嫌な気持ちが抑えきれなかった。

その帰り道、気分が暗くなった。

――私って、そんなに年寄りに見えるのかな。いったい何歳くらいに見えたんだろう。

今に始まったことではなかった。

あれは何年前だったか、学生時代の友人が東京ディズニーランドに誘ってくれたことがあった。生命保険会社からパスポートを二枚もらったのだという。二人とも絶叫マシンが苦手なこともあり、「どうせ混んでいるだろうから、お子様向きの緩やかな乗り物に一機だけ乗れたら、それでヨシとしよう。あとはお茶でも飲みながら近況報告がてらおしゃべりでもしましょう」と約束した。

当日になると、台風が襲来しそうだと天気予報が告げた通り、空一面が今まで見たこともないほどの厚い黒雲に覆われ、生温い風が吹いていた。だからか、信じられないほどのガラ空きで、どんな乗り物にも待たずに乗れた。

「一つ乗れたら十分よ。行列に並んで待つのはウンザリだし」と言っていたはずの友人とともに、ここぞとばかり片っ端から乗りまくった。それは堪能したと言ってよく、もうこれが人生最後のディズニーランドでも後悔はないと思えたほどだった（といっても、私が大学を卒業するのと前後して開園したのに、この四十年の間に三回しか来園したことがないのだが）。

その日は、雲の切れ目からゴジラが顔を覗かせてもおかしくないほどの不気味な空だったが、幸運なことに最後まで雨は降らなかった。

ディズニーランドの「キャスト」は教育が行き届いているように見えた。目を皿のようにしてゴミを探し出すと、きびきびとした動作でサッと掃く。私たちが受付でもらった園内地図を広げようものなら、すぐに飛んできて「何をお探しですか？　よかったらご案内いたしますっ」と大きな声で言うのだった。

特に乗りたいものがあったわけではないので、「いいや、特に探しているものはないんだけどね」と言うと、残念そうな様子で引き揚げていく。それを何度か繰り返していたので、なんだか申し訳ないような気持ちになっていた。

そろそろ食事をしようということになり、レストランの場所を探すために園内地図を広げたときだった。またしても慌てふためくようにして十代に見える「キャスト」の女の子が飛んできた。

「何をお探しですか？」

正直言うと、その過剰な気遣いが鬱陶しかったのだが、暇を持て余す様子が可哀想になり、私は必要もないのに無理して言った。「レストランを探してるんだけど」

そのときだ。いきなりその女の子は、直立の姿勢を取ってから深々と頭を下げた。

「たいへん申し訳ございません」

何ごとが起きたのかと驚いて見つめていると、

「和食は前日までの予約が必要なんです。本当にすみません」

またしても身体が二つに折れるほど頭を下げる。

——は？　なんで和食なの？　私たち、和食が食べたいなんて一言も言ってないよね？

無言のうちに友人と目を見合わせていた。

「別に和食じゃなくていいけど」と、友人が言った。

「本当ですか？　でも、せめて、ここから近い所がいいですよね？」

「……そうでもないけど。少しくらい遠くてもいいけど」と友人。

「ここから近いとなると、ピザのお店しかないんです」

「だったら、ピザにしない？」と、友人は私を見て言う。

「うん、いいね。ピザにしよう」

「本当にいいんですか？　ピザ、ですよ？」

「うん、大丈夫だけど？」

「本当に申し訳ありません」

またしてもスタッフは深々と頭を下げた。

私も友人も、会話の途中から気づいていた。スタッフは私たちを老人だと思っていて、老人というものは和食を第一に選ぶ。そして、五十代も九十代も同じ老人としてカテゴライズし、みんな歩くのが苦手であると。

そのことを後日、娘に話したら、「オバサンには見えても、オバーサンには見えないよ。まだ五十代（その当時）でしょ。それに、年寄りに見えるかどうか以前に、老人イコール和食だと思っていること自体がおかしいよ」と言った。確かにそうだ。うちの母は八十代だが、ピザが好きなのだった。

考えてみれば、以前は園内地図を広げた途端にスタッフが走り寄ってくることなどなかったように思う。ガラ空きだからだと思っていたが、もしかして私たちが年寄りだから、よりサポートが必要と思われていたのか。

誰しも自分が年老いたことに気づくのは遅いらしい。同窓会に行ったところ、周りがみんなジーサンとバーサンばかりなので会場を間違えたと思った、という話もよく聞くことだ。

人間は年齢とともに経験は増えていくから、少しは賢くなる。だがそれは、あくまでも自分比だ。二十歳の頃の自分よりは四十歳のときの方が、ほんの少し賢くなったというだけで、孔子の「四十にして惑わず、五十にして天命を知る」なんていうように、悟りを開いて「まるで別人のような大人」になったりはしない。

というのも先日、こんなことがあった。洗面所と台所の床を張り替えてもらったのだが、リフォーム会社の若い営業マンに伴われてやってきたのは、七十歳前後の夫婦だった。クリス松村によく似た痩せこけた夫が職人で、巨大な熊のぬいぐるみを思わせる妻は夫の手伝いをしていた。

しばらくすると、営業マンと職人の話し声が、リビングにいた私の所まで聞こえてきた。

――どうせ俺は嫌われてるからよう。

――そんなことないでしょう。

――いや、俺にはわかるんだ。みんな俺のこと嫌ってんだよ。

――思い込みですよ。

――違うよ。ずっと昔から俺は嫌われてんだ。

――だけど、都合がつくかどうかだけでも職人仲間に聞いてみてもらえませんか。

――聞いたって断るに決まってるよ。だって俺のこと、みんな嫌ってんだもん。

堂々巡りの会話だった。

私は思わず噴き出した。中学生男子の会話というのならわかるが、七十歳前後の成人男性なのだ。

私の笑い声に気づいた妻が言った。

――ほらほら、あんた、お客さんが不安に思ってるよ。みんなに嫌われているような人間がリフォーム工事に来たと思われてるよ。もうやめな。

いえいえ、私は不安どころか安心したんです。みんな何歳になっても（口に出すか出さないかの違いはあれど）心は少年少女のままなのだと再確認できたのですから。

偉そうにふんぞり返って部下に人生論を説くヤツなんか、「大人」の演技をしているだけですからね。

いやいや、そんなことよりも、私がショックを受けたのは、ボーヴォワール『老い』の中の辛辣《しんらつ》な一文だ。

――一般には高齢は文学的創造にとって好適ではない。年取った人間にもっとも適さない文学のジャンルは小説である。

そして、こうも言う。

——人が六十歳を過ぎて書くものは、まず二番煎じのお茶ほどの価値しかない。

彼女によれば、小説家はピークを過ぎると自己模倣が始まるという。

しかし、学者に対しては更に厳しい。

——化学において最も重要な発見は二十五歳から三十歳までの人間によってなされ、数学においては、年取ってからの発見はきわめて稀《まれ》であって、学者は四十歳に達すればすでに老いているのである。

好きな作家の小説をずっと追いかけてきた、という経験のある人は多い。私自身も、若い頃は何人かの作家を追いかけてきた。だが、その作家が六十歳を過ぎたあとも追いかけ続けたかというと、そうではない。「面白くなくなった」「またしても同じ内容だな」と感じ、「結局はデビュー作がいちばん面白かった」、「この人の書くものはもう読む価値なし」と判断したからだ。

それは作家の努力不足だとかマンネリというよりも、A氏はA氏の頭の中でしか物事を考えられないし、A氏はB氏にはなれないから、A氏の脳ミソの枠外へ出るのが不可能だからだろうと思う。

だがその一方で、追いかけなくなって久しい作家の新刊を読みたくなることもある。違うジャンルにチャレンジしたときだ。例えば、青春小説の書き手が老いてから老齢小説を書いただとか、私生活を赤裸々に綴ったエッセイを出した、などというときだ。未知の分野に挑戦すると、新しい面白さが生まれる。

私はデビューが遅かったが、それでもそろそろ方向転換しろと言われているのではないかと思うことがある。これまで様々な社会問題を書いてきたつもりだが、その底辺にいつも「女性の生きにくさ」があった。

いつだったか、よせばいいのに魔が差して、ついついネット上のレビューに目を通してしまった。そのとき、「垣谷美雨の本はどれもこれも、結局は男尊女卑の問題じゃねえかよ」と書かれているのを見つけてショックを受け、数日間落ち込んだ。

最近は海外翻訳物の小説を読むことも多いのだが、女性作家が書いた本であれば、どの国のどんな分野であっても、必ずといっていいほど「女性の生きにくさ」に触れている。それを書かずには物語を進められないからだろう。

それどころか、テーマに関係ないのに、そのことに多くのページを割いていることも多い。この地球上で、女性の生きにくさを無視して書き進められるのは、男性を主人公にした場合か、それとも男性作家が書いた作品しかないのだろうと思う。

前述のレビューは、たぶん男性が書いたのだろう。しばし落ち込んでいたが、その短い文章中の「どれもこれも」という文言からハッと気づいた。

この人、不満を持ちながらも私の著作を何冊も読んでいるのでは？

嫌ならどうして一冊でやめておかないのか。

たくさん読んでいると思うと、落ち込んだ気持ちが少し軽くなった。

最近読んだ本で面白かったのは、『ミシンの見る夢』だ。著者ビアンカ・ピッツォルノは、イタリアの有名作家だという。こういった、『赤毛のアン』のような、貧しい少女が賢く生きていく作品に共感する人は多い。

ドラマ『おしん』が世界中で大ヒットしたのを見てもわかる。もう何年も前から、こういったジャンルの本を書きたい気持ちがムクムクと湧きあがってきている。

それにしても、昔とは違って、翻訳小説が格段に読みやすくなった。翻訳があまりにヘタ過ぎて、途中で嫌になって読むのをやめてしまったのも、もう過去のこととなりつつあるらしい。本当に嬉しいことです。

で、話を元に戻しますと、小説を書くうえで、「老い」を良い方向への大転換期としたいと、日々模索しております。はい。

遺品整理

遺品を整理する動画や、汚部屋を片づけるテレビ番組や動画を見るのが好きだ。

早送り画像でどんどん片づいていき、最後には見違えるほど部屋がスッキリする。それを見るだけで晴れやかな気持ちになり、他人ごとながら達成感まで得られた気分になる。間取り、家族の事情、部屋の雰囲気も千差万別だから、見飽きることがない。

拙著『姑の遺品整理は、迷惑です』が文庫になるにあたり、解説は誰に書いてもらいたいか、表紙はどんなのがいいかなど、つい先日、編集者から希望を尋ねられた。それをきっかけに、再び遺品整理について考えるようになった。

昨今は業者に頼む人が増えつつあるらしい。だが私の周りでは、自力で黙々と片づけていく人が今のところは大半だ。

ゴミの分別方法が自分の住む地域と多少異なっていても、なんなく頭に入れて容易に処理できる人からすると、「片づけなんて誰にでもできるのに、業者に頼むなんてお金がもったいない」と思う。それに、ただ単にモノを処分すればいいわけではなく、故人との思い出を懐かしみながら片づけていくことに、別れの儀式の側面を見出す人もいる。

だが、片づけは実家だけとは限らない。疎遠になった伯母や叔父が一人暮らしをしていて亡くなった場合もある。亡きあとの住まいを久しぶりに訪ねてみれば、部屋の中が足の踏み場もないほど散らかっていて、想像以上のモノの多さに圧倒されることもあるだろう。それも大きな一軒家ともなれば、途方に暮れるに違いない。

――素人が片づけるのは、どう考えても不可能だ。

見た途端にそう思い、業者への依頼を即決する人もいる。

得手不得手というものは、思ったより細分化されるらしい。例えば「スポーツは得意だけど勉強は苦手」だとか、「事務処理は得意だけど営業は苦手」などという大雑把な括りではなく、「これは燃えるゴミ、これは燃えないゴミ、これは資源ゴミ、これは使えるから持ち帰ろう」と、辛抱強くひとつずつ判断して処分していけるかどうか、というような簡単（膨大で気が遠くなるにしても）に思える作業でも人それぞれ適応力の有る無しがあるようだ。

業者に任せる人の中には、実家が遠く離れていたり、仕事を休めない人や体調がすぐれない人もいるだろう。経済的余裕がある人なら、高額な料金を支払ってでも自分の時間を大切にすることを優先する人もいるに違いない。

先の小説の主人公は、姑の遺品を孤軍奮闘して何日もかかって片づけ、最後まで業者には頼まない。その過程で近所の人々を巻き込み、今まで知らなかった姑の人となりが少しずつ見えてくる。

言わずもがなのことだが、片づけの大変さは家の広さに比例する場合がほとんどだ。部屋の中がきちんと片づいているようでも、収納場所が多い家なら、「またいつか使うかも」と捨てずに取っておくのは自然なことだ。田舎の大きな家なら、滅多に開けない納戸や二階の押し入れや、庭の倉庫や蔵や、農家なら納屋もあったりして、都市部のマンションとは違い、たくさんの保管場所がある。

それにしても、いったい私は片づけがどれほど好きなのか。というのも、もう一冊『あなたの人生、片づけます』も書いたからだ。この本は、これまで私が書いたどの本よりも版数を重ねている。つまり、世の中には片づけに興味のある人が多いのだろう。それが証拠に、書店に行くと片づけの本やミニマリストの本がたくさん置いてある。

拙著『あなたの人生、片づけます』は四章からなる連作短編で、その中のひとつに「豪商の館」というのがあるが、これは実家の隣の家をモデルにした。

たぶん千坪は下らないだろうと思われる隣家は、製糸業で大儲けした人が建てた家だ。だが跡継ぎがなく、私が物心ついた頃には町の公民館となっていて、昭和四十年代くらいまでは町民の結婚式会場として頻繁に使われていたのを覚えている。

そこを管理していたのは、いわゆる当時「戦争未亡人」と呼ばれていた年配の女性で、三十代の娘さんと二人で住み込みで働いていた。幼い頃は頻繁に遊びに行ったので、お屋敷の隅々まで覚えている。

今では当時の住み込みの母娘もいなくなり、シルバーボランティアの管理になった。季節ごとに、雛飾りの展示会などの催し物があるので、帰省した折に見に行くことがある。

しかし展示物よりも、半世紀前からちっとも変わらない室内の様子や階段やカマドのある炊事場や庭や池が懐かしくてたまらない。かくれんぼができるほど部屋が幾つもあり、二階に上がる階段が四ヶ所もある。

庭に面したテラスというのか大きな上がり框《がまち》とでもいえばいいのか、ともかく数段ある広縁のような場所で、住み込みの母娘が飼っていた大型犬と、二歳くらいの小さな私が並んで写っている写真は今も大切に持っている。

✤服はもう買いません

私が初めて片づけに目覚めたのは、辰巳渚著『「捨てる!」技術』を読んだときだった。

それ以前は、押し入れをきちんと区分けし、何なら収納棚などを買い足して整理するのが世間一般的にも主流だった。私と同世代かそれ以上の人はよくご存じだろう。で、それをやったところで、ほんの数日で元の木阿弥になってしまうことも。

その当時は、モノを少なくするという視点がなかったので、辰巳氏の「捨てる」という考え方は画期的でショックですらあった。バイブルのように何度も読み返した記憶がある。

次に出現したのは、アメリカでも一世を風靡《ふうび》したこんまりこと近藤麻理恵著『人生がときめく片づけの魔法』だ。聞くところによると、アメリカでは片づけることを昨今は「コンドーする」というらしい。

こんまりさんの手法は、「ときめき」があるかどうかが、捨てるか残すかの基準となる。だが、洋服でときめくことができる人は、自分の外見に自信を持っている人だと思う。

四十代半ばから、何を着てもときめかなくなった。ときめかない洋服を捨てるとなると、クローゼットも衣裳ケースもすっからかんになってしまう。だから、この方法は私には適さないと早々にあきらめた。

勤めを辞めて既に十五年以上が経ち、「昨日と違う服を着ていく」必要がなくなったし、子供たちの学校行事に相応《ふさわ》しい「きちんとした」洋服も不要になった。それもあって、季節ごとに三着あれば十分だと思うようになり、ことあるごとに処分して、いつの間にか激減した。

それから更に歳を取り、昨今は洋服を買うのが億劫《おっくう》になってきた。試着するのも、なぜか疲れるし（それが楽しみだった若い頃が今では信じられない）、そもそも何を着たところでどうせ似合わない。

考えてみれば、クローゼットにかかっている洋服は、その時々で集中して頭を働かせて選んだ服ばかりだ。特に五十歳を過ぎてからは洋服一枚買うのでも熟考するようになったので、処分してしまえば試行錯誤した時間をも捨てることになる。それもあって昨今は、俄然「もったいない」と思うようになった。

年齢とともに人生の残り時間を常に意識するようになり、洋服選びなんぞに時間を浪費したくないという焦りがまとわりついて離れない。

頻繁に旅行する人にはわかってもらえると思うが、洋服や小物を選ぶときは、「旅行に持って行けるかどうか」をいつの間にか基準にしている。軽くて皺《しわ》にならず、畳むと小さくなる洋服で、これは普段でも重宝する。

ここ十年ほどは、お洒落でもなければカッコいいわけでもないオーソドックスな、つまり何の変哲もない紺や黒やチャコールグレーの「どこに行っても悪目立ちしない」ワンピースばかりを買うようになった。たぶんこれは、「私なんかどうせ何を着ても似合わないから」と、無意識のうちに無難な物を選んだ結果だろう。

だが偶然にもこれが功を奏して、どれもこれも一生着られそうな代物《しろもの》だと気づき、昨今では洋服を買うことも処分することもめっきり減った。

だがその一方で、十年後くらいにはド派手なバーサンに変身したいという願望も捨てきれないのだった。

✿家具はもう買いません

前回は長々と洋服のことを書いたが、自分の死後を心配してのことなら、それほど頑張って衣類を処分する必要はないと思う。

というのも、姑の家を片づけた経験から、洋服はどれだけたくさんあっても、処分するのはそれほど大変ではないと知ったからだ。

姑の家の片づけで大変だったのは、大型家具や消火器や家電や食器だった。そして意外だったのは菓子折の空き箱だ。美しくて立派な箱は捨てるには忍びなくて、取っておく気持ちはよくわかる。だが、そういった箱は例外なく頑丈にできていて、資源ゴミとして潰して束ねるのが想像以上に大変だった。十個や二十個ならいいが、あちこちの部屋から大量に出てくるので、潰すだけで何日もかかり、疲れ果ててしまった。

食器は割れやすくて重いという点で大変だった。ゴミ袋に満杯に入れようものなら重くて持ち上げられないし、袋が破れそうにもなった。だから再び小分けして入れ直し、ゴミ置き場を何往復もしなければならなかった。

だが、食器も空き箱もゴミに出せる分、まだマシだ。大変なのは大型の家具や家電だ。少子化による人手不足のためか、昨今は搬入搬出にお金がかかるようになった。

ご存じの方も多いだろうが、引っ越しのときもエレベーターの有無によって料金が変わる。家電や家具を購入したときも、エレベーターのないマンションだと、一階につきプラス五百円、例えば四階に住んでいると、千五百円が搬入費に加算されると聞いた。

とはいえ、料金さえ払えば運んでもらえる場合はまだいい。困るのは、家電四品目に指定されている大物家電を電気店に引き取ってもらうときだ。

——玄関先までしかお伺いできません。

などと言われることが多く、マンションの場合は、

——エントランスまで出しておいてください。

と言われることもあると聞いた。

買い替えるときは親切だが、引き取りのみだと店側はこうも冷たいのだった。巨大で重い箪笥《たんす》を粗大ゴミ置き場まで持って行くのだって、ほとんどの人にとって不可能だ。それとも、お宅には力自慢の家族がいたり、気軽に頼める力士が近所に住んでいるとか？年配であっても、引っ越し業者などで働いた経験があり、重い物でもひょいと持ち上げるコツを体得している人ならいいが、そうでない限りは、巨大な箪笥などはどうやって捨てればいいのだろうか。

いろいろと考えていくと、心配性の私は家具や家電を買うのが怖くなるのでした。きっといつか子供たちに迷惑をかける日が来る。そう思った私は、本棚はすべて段ボール製に替えた。段ボールなのに、どうして一万円以上もするのか。最初はそう思ったが、裁断する際の型抜きの鉄板は特注だろうし、大型のプレス機も必要で、そして何より研究開発費がかかっている。軽いのに丈夫で、構造もよく考えられている。それを思うと妥当な値段どころか安いかもしれないと考え直すようになった。

何が残念といって、昔のような軽い家具が見当たらなくなったことだ。集成材ばかりになってしまったから、カラーボックスの類の家具でさえ驚くほど重くなった。以前は片手でひょいと持

てたのに。

昭和三十年代くらいまでは、嫁入り道具の定番品は桐の簞笥だった。桐材は軽量のうえに、上中下の三段に分かれていて運びやすい。こういった良い品が復活すればいいのにと願うばかりです。願ってばかりでも埒《らち》が明かないので、本棚以外はキャスター付きにした。これなら重くても粗大ゴミ置き場まで運べる。

振り返れば、昭和の高度成長期になっていきなり生活が向上し、多くの日本人が買い物を楽しむようになった。家電だけでなく、予算の許す範囲内で立派な家具を買い求めた。それなのに、モノを溜め込んだことを悔やむ時代が来るとは。

戦前のように家や土地を子や孫が代々引き継いだり、または地震がない国で何百年も維持できる堅牢な家に住んでいれば、木彫りの施された立派な家具も次の代に譲ったはずだ。子や孫でないアカの他人であっても、家具付き住宅として売買し、受け継がれていくことがあってもいい。

今、世界中で持続可能な生活が叫ばれるようになり、モノに対する人々の考え方は大きく舵を切ろうとしている。地球の環境や資源を守るため、何度も再生して使う方向に向かっている。

いつの日か、遺品整理業者が引っ張りだこである今の時代を振り返ったとき、私たちは大量に捨ててしまったことを悔やみ、そしてまたしても反省するのだろうか。

✤土産は買わない

土産物屋では、食べてなくなる「消え物」しか買わなくなった。断捨離や遺品整理の経験から、民芸品や置物などは「どうせ捨てる」&「埃まみれになる」ことが身に沁みたからだ。

そして、ここ数年は消え物さえ買わないことが多くなった。土産物屋の店内を見て回っている途中で、ふと東京のデパートの棚が思い浮かび、あそこには日本全国の銘菓がズラリと並んでいたはず、それなのにここで買う必要があるのかと考えることが増えた。

それに、旅行中に重い荷物を持って歩くと早々にホテルに戻って休憩したくなるので、旅を楽しむために、ポシェットを斜め掛けにする以外は何も持たないようにしている。

昔からの知り合いは自分と共に年齢を重ねているので、高血圧や糖尿病予備軍の人が多くなるから、糖分の塊とも言えるお菓子を渡していいものかどうか、魚の干物は塩分が濃いものが多いから却って迷惑ではないか、などと店内で迷いに迷って、結局買うのをやめることが増えた。

自分が価値があると思うものにお金を使う

厚切りジェイソン著『ジェイソン流お金の増やし方』を読んだ。

カフェに行くのは無駄遣いだから家でコーヒーを飲めと書かれている。一杯三百円であっても店に頻繁に通えば、一年間で相当な額になると彼は主張する。

彼は二リットルのペットボトルの空き容器に、業務用スーパーで買ったインスタントコーヒーを水に溶かして入れ、毎日持ち歩いている。「味はかなりマズい」と記載してあった。

そういった考えもあるかと思ったが、私は逆で、カフェだけは気にせず毎日のように行く。チェーン店しか行かないので個人経営よりは安い。一万円の洋服を買うのを我慢すれば、三十回コーヒーを飲むことができる。

そこではゆったりとした時間が流れている。読書や仕事のほか、人生を振り返ったり、これからの暮らしに思いを巡らせたりする。この過ごし方がなくては生きてはいけないと思うくらい、カフェは貴重な場所になっている。私にとって金額以上の価値がある。

つい先日、降りた駅の近くにチェーン店が見当たらなかったので、昔ながらの喫茶店に入った。いつものチェーン店方式に慣れているせいで、料金を最初に払ったと思い込み、そのまま店を出ていこうとして無銭飲食を疑われるところだった。

電子書籍を買うことが多くなった。きっかけは、スマートフォンにアプリをダウンロードすれば、専用の端末を持ち歩かなくても読めるようになったことだ。移動時間に読めるし、ちょっとした待ち時間を利用できる。スマホ以外に余分な荷物が増えることもなく、重宝している。

その一方で実際に書店に足を運び、本を手に取ってから買うことも増えた。書店にはいま話題の本が置いてあるので、最新の情報（正しい情報かは置いといて）や世間の関心を集めている話題を知ることができ、次の新刊の足がかりにもなる。書店内のカフェでコーヒーを飲みながら、さっき買ったばかりの本を読むのが至福の時間となっている。

年齢と共に本を手当たり次第、ジャンルを問わず大量に読むようになった。数年前から人生の残り時間が少なくなっていることを意識し、知識欲が抑えきれなくなった。少しでも興味を持つと、今すぐ読みたい気持ちが以前よりも強くなったのである。死ぬほどつまらないと感じる本（新書に多い）にときどき当たってしまうこともあるが、それでも得るところが必ず一つや二つはあるものだ。

✿著名な成功者の無責任な発言に憤りを感じる

――人生は一度きりだ、やりたいことをやれ。

YouTubeや書籍で、成功者が発破《はっぱ》を掛けることが多くなった。

彼ら成功者は、大衆への影響力を考慮する義務も負っていると自覚してもらいたい。

彼らの意見は参考になることもあるだろうが、鵜呑みにすると痛い目に遭う。成功者の方々は、できればもう少し別の言葉を添えて、人生の厳しい側面にも言及してほしいと思う。

例えば、ひろゆき氏は「賃貸か分譲かといえば、そりゃ賃貸だよ。いつ大地震が来るかわからない。都心で駅近以外のマンションはいつ暴落するかわからないし」と、全ての人に通じるかのように明言している。

これは、将来に亘って家賃を払えるほどのまとまった預金を持っている人ならいいが、一般庶民が生活に困窮した際のリスクを無視している。今現在は定期的な収入があったとしても、それがこの先も継続するかどうか保証がない。一生賃貸がいいというのは既に金持ちになった人の決めつけである。

日本で誰が金持ちといって、高額な家賃の賃貸マンションに住んでいる人間だ。もしくは持ち家を持たずに一流ホテルで暮らしている人々だ。彼らは、将来に亘って払える預金がたんまりあるうえに、いざというときにも何とかなるという自信に満ち溢れている。

庶民にとって、家は住むための場所であって投機対象ではない。

家を失ってホームレスになる女性がここ数年で急増している。ネットカフェに寝泊まりする料金も払えないし、生活保護申請も拒否されたという（職員が拒否する権利は本来ないが、彼女らはその知識がなかった）。そんな場合でも、田舎だろうが駅から遠かろうが老朽化していようが、持ち家さえあれば一時はしのげたはずだ。

矢沢永吉は「サラリーマンなんていうつまらないものになるな、男だったら夢を追いかけろ」という旨を自伝で書いている（私が若かった頃、爆発的に売れた彼の自伝『成りあがり』より）。それを真に受けて、就職もせず、進学もせず、夢を追い続けた男子高校生が当時はたくさんいたと聞いている。新卒の終身雇用制度が当たり前の時代だったので、その後も定職に就くのが難しく、かといって他の面で財をなすこともできない人が大勢いた。

似たようなアドバイスで、ホリエモンの「手取りが月十四万円なんて人生終わってる。やる気になれば未来は拓《ひら》けるから、勇気を持って飛び出そう」がある。

手取り十四万円の自分は会社を辞めた方がいいらしい。ホリエモンが言うように、一回きりの人生だから何かに挑戦してみよう、と決心して会社を辞めたら、その後も成功する目処《めど》が立たず、さらに経済的に余裕がなくなった人もいるだろう。

勝間和代さんは「時間ではなくて内容で価格が決まるような仕事をすべきなんです」という。

これら成功者に共通するのは、お金を増やすための知恵やアイデアがあることだ。また、彼らの出身中高が進学校で大学が一流となれば、周りは同レベルの人間ばかりだ。家族や親族はたとえ学歴がなかったとしても頭がいいのだろう。だから何をやってもうまくいかない弱者の立場は、一生かかっても理解できない。

どんな人にも何かしらの才能がある。それは本当かもしれない。だがそれが稼ぎに直結するかどうかは別問題だ。それがわからない成功者は、人生は工夫と努力次第だと言いきってしまう。仮に、成功者は何かの拍子で全財産を失っても、その過程を書いて本を出せばベストセラーになり、また浮き上がってこられるチャンスがある。

言論の自由はあるが、いかにもこれが人生の真実と言い切るのは問題だ。そういった言葉に惑わされ、簡単に生活の基盤を失った人がいると思う。

成功して裕福になった人はクローズアップされるから目立つだけで、ごく少数にすぎない。彼らは生まれ持った才能だけでなく努力もしただろうが、運も良かったはずだ。それを成功者は忘れがちだ。

❖稼ぐ方法が増えるのは喜ばしい

いつだったか北関東方面の市役所で、引きこもりを救うプロジェクトが立ち上がり、そのドキュメンタリー記録をテレビで見たことがある。

どの家に誰が引きこもっているかの調査から始まった。部屋から出てこない中高年男性たちに、体育館でのレクリエーションの案内を配るが、市役所の職員やボランティアが現地で待てど暮らせど、誰一人として姿を見せなかった。

どうしてだろうと担当者は頭を悩ませ、根本から考え直し、だったら介護やフォークリフトの資格を取れる講座を開いたらどうかと思いついた。案内を配ったところ、当日は何十人もの引きこもり男性が体育館に押しかけた。

それを見て、担当者は初めて彼らの人生に対する焦りを知ったのだ。

――稼ぎたい。一人前になりたい。

切実な思いだった。レクリエーションを通じて和気藹々《わきあいあい》と、などと考えていたのは、とんだお門違いだった。

Amazonや楽天で人々の生活はかなり便利になったが、それと引けを取らないほど、人々の人生を変えたのはネット上のフリーマーケットだ。

私が最近注目しているのは、クルミボタンに刺繍をしてブローチとして売り出している作品だ。直径四センチくらいの代物《しろもの》で、千円前後で売っている。人気のある芸術的なブローチは三千円という強気の値段設定だが、それでも出品した途端に速攻で売りきれる。何十人もの女性が毎日のように出品し、競争は激しくなるばかりだ。

手作り小物に興味のない人なら、こんな密かな流行なんて知る由もないだろうが、人気のある作品を生み出している女性たちは、かなりの額を稼いでいる。

初期の頃は、古着などの不要品を売っているという印象だったが、いまや農産物も出品されている。形や色が悪くて市場に出回らない果物や野菜などを生産者が農協も店舗も通さずに直接売っている。

引きこもり以外にも、子育てや介護などで家の外に出ていけない人々にとって、ネットフリマは使い勝手の良い職場となった。

人間関係が苦手だ、人前に出たくない、だけど食べていくためには稼がなければならない。そういった人々にとってもうってつけだ。資本金も会社設立の手続きの必要もない。

昭和時代に小学生男子が、裏の林で捕まえたカブトムシをクラスメイトに売っていたのと同じ気軽さがある。

こういった、どこにも雇用されないで稼ぐ方法が、今後もどんどん増えていくといいなと思う。

✤エッセイ文化とプライバシー

以前から日本ではエッセイ文化が育たないと言われてきた。

日本で売れるエッセイといえば、芸能人の暴露本《ばくろ》と言われていて、エッセイだけで食べていける作家というのは滅多にいないと聞いている。

どうやらそこには、芸術性や文章の素晴らしさよりも、「他人の不幸は蜜の味」という原則があるらしい。不幸な生い立ちや、ワイドショーを賑わした不倫のきっかけや、別離後の暮らしぶりを知りたい読者のためのものだ。人も羨むような幸福一辺倒の暮らしぶりを描いた本なら、あまり話題にならないかもしれない。

となれば、庭に集《つど》う鳥たちや遠くに見える山々の清々《すがすが》しさを綴ったような正統派のエッセイなら尚のこと売れないし、忙しい人はそれらをしみじみと楽しむには時間的余裕がない。

つまり、エッセイ本が売れる前提条件は有名人であること、そして「わかりやすい不幸」に見舞われていることだ。本人にしたら、ちっとも不幸ではない場合も多々あるだろう。だが本人の気持ちなどは二の次で、他人から不幸に見えることが肝要だ。

例外もある。「事実は小説より奇なり」といった波瀾万丈な人生であれば、有名人でなくても注目されることがある。だが、その中に「度重なる不運」は必要不可欠だ。

だから、芸能人でもなければ波瀾万丈な人生でもない私に、よくもエッセイを書かせてくれるものだと不思議に思っていた。だってね、これがいつか本になって刊行されたとしても、買う人なんて一人もいないと思うんですよね。親戚ですら買ってくれるかどうか怪しいもんです。

しかしここにきて、個人的な暮らしの日々を淡々と綴る匿名ブログが注目されるようになった。ある日突然出版社から声をかけられ、本になってヒットしたりといったように、世間の様相は急速に変わってきている。

顔も本名もわからない匿名性を保ったままなのに、多くの人々から共感を集め、支持されている。数奇な運命でもないし、淡々と私生活を綴っているだけだ。だが、平凡だからこそ身近に感じられるのだし、匿名だからこそ書ける赤裸々な想いが、共感だけでなく希望や勇気を与えてくれる。

私にもお気に入りのブログがいくつかあり、中でも同世代の女性の暮らし方は参考になる。めげずに頑張って生きている姿が励みになることもあるし、家事の工夫などを見習うこともある。

ある日、いつものようにお気に入りのブログを読んでいると、私の名前と書影が出てきた。私の著作が好きだと書かれていて、思わぬことで嬉しかった。そして、そのブログは出版社から声がかかり、刊行されると同時にヒットし、そのあと二冊目も出た。

一冊目の版元が私と日頃つき合いのある出版社だったこともあり、老後の友だちを増やしたいと思っていた私は編集者に連絡し、著者のメールアドレスを教えてもらった。それ以降、ときどきメールのやりとりをしている。

つい最近、有名人のエッセイを読んだのだが、「そんなきれいごとを読まされたってねえ」とシラケてきて、途中から猛スピードの斜め読みになり、早々に本を閉じてしまった。

それには「母とは三日も一緒には暮らせない」、そして「もしも同年代なら絶対に友だちにはなれないタイプ」と書かれており、「だから若くして家を出た」とある。そう聞けば、読者としては当然、母親のどこがそんなに嫌なのかが気になる。だが何の説明もなく、「母は優しい人で、その生き様を私は尊敬している」で終わっている。人間誰しも色々な顔を持っていることを考えれば、これは相反することではないのかもしれないが、やはり真実には思えず、本当の気持ちを知りたかった。

だが自分が生きやすくなるためには、過去のつらい記憶を書き換えることが必要な場合もある。子供時代の思い出は自分で作った記憶にすぎないという見方もあるし、思い違いだったり、知らない間に修正していたりする。

今生きている現在の自分が最も大切だし、少しでも楽に息が吸える状況にしたい。過去に対するこだわりや執着を胸の奥の方にしまい込んで、明日からは割り切って生きていくのがいいと思う。

他人のプライベートを知りたいと思うのは、下品で次元が低いことなのだろうか。そこを知ってこそ共感し、そして「我がふり直せ」と考えてタメになると思うのだが。

気の合う友人知人たちの間では、「相手が進んで言い出さない限りは、こちらからは決して尋ねない」という不文律がある。言い換えれば、そうでない人とは自然と縁が切れてしまうのだろう。

先日もまた、新型コロナウイルスの緊急事態宣言が解除された隙を狙って二泊三日の「女性限定一人参加・奥飛騨ツアー」に参加したのだが、そこで仲良くなった、たぶん同世代だろうと思われる二人の女性とLINEを交換した。

「一人参加限定のツアーって割高でしょう？　だから都合が合えば普通のツアーに三人で参加しようよ、もちろん部屋は別々で」と持ちかけたのは私だ。老後の友だちを増やしたいと思って声をかけたら、私の提案を二人とも即座にOKしてくれた。

あれからときどき連絡を取り合って、ランチ＋都内散歩などをしているが、旅やワクチン接種の話をするだけで、いまだに互いの氏名以外は何ひとつ知らない。年齢や仕事も知らないし、同居家族がいるのかどうかについても誰も何も言わないままだ。だけど、三日間ずっと一緒に行動した中で、リラックスして関われたので、友人になり、関係を続けたいと思った。

だが、みんながみんな相手のプライバシーに踏み込まないといった繊細な心遣いをする人ばかりではない。私がまだ小説を書き始めたばかりの頃、的外《まとはず》れなことを言ってくる知人がいた。

——あの小説に出てくる晴美っていうのは、高校時代の同級生の××さんのことでしょう？

あれほどヒドイ暮らしをしているとは知らなかったわ。

これには心底驚いて声も出なかった。予想もしなかったことで、そんなことを穿鑿《せんさく》しながら読む人が世の中にいることに衝撃を受けたし、それは単なる想像ではなくて、意地悪な願望ではないかと疑った。そもそも晴美と××さんの境遇はそこまで似ていない。

――あの小説に出てくるカンボジアでのエロチックなシーンは経験がないと描けないよね。やっぱり自分の経験なんでしょうね。

そう言って、にやりとする人もいた。

――殺人ミステリーを書く人は、人を殺した経験があると思う？

私の反撃に対しては、みんな判を押したように同じことを言った。

――まさか。殺人とか、ああいうのは、また別よ。

こういった人たちとは、もともと親しくはなかったが、さらに距離が離れていった。

ずいぶん前のことになるが、知人の夫から聞いたことがあった。友人に誘われてバーにいったら、フィリピン人女性が働いていた。その女性に対する友人の態度が信じられないほど差別的で失礼でスケベ心丸出しだったという。

長い付き合いの中で相手のことをよく知っていると思っていても、驚くような知らない面を発見することがあるものだ。

――小学生の頃からの親友だったのに、あんなヤツだとは知らなかった。絶交したよ。

雑誌のエッセイか何かで、有名な女性作家も似たような経験をしていることを知った。小説の中に愛人や不倫に関することが出てくると、「本当はあなた自身の経験なんでしょう?」と、いまだに探りを入れられるという。それも最近のことらしい。あれほど長年に亘って何冊も本を出している有名な人でも言われるのなら、私など言われても仕方がないのかなと思った。

高校時代に国語の授業で俳句を習ったときのことだ。教師はその俳人がいかに貧しく、努力が報われない日々を送ってきたかを語った。そういったプライベートな事情を知って、私はやっと俳句の意味が呑み込めた。

そのときの違和感を、ときどき昨日のことのように思い出すことがある。

——作品そのもので勝負しないでいいんだろうか。背景を説明しなければ理解できない俳句なんて価値があるんだろうか。

高校生だった私の心にはモヤモヤが残り、今もそれは消えていない。

この俳人は後世に亘り、生活苦という背景をずっと説明され続けるだろう。

それは俳人の本意なのだろうか。

イモトアヤコさんの影響力

テレビのチャンネルをザッピングしていると、中国語講座をやっていた。見るのは久しぶりだったが、過去に毎週かかさず見ていた時期がある。何クール見ても中国語は身につかなかったが、それでも日本に漢字が伝わってきた時代の発音の変化の過程を見られたり、漢字文化を純粋に楽しめたりと、私にとっては本当に興味深い番組だ。見るたびに、もしも生まれ変われたら、言葉の成り立ちを研究する言語学者になりたいと思う。

今年度の生徒役はタレントのイモトアヤコさんだ。彼女は中国でも人気が高いらしく、中国人ファンがたくさんいるという。

注目したのは、六十代の女性講師と四十歳近い男性講師の態度の、あまりの豹変ぶりだ。彼らはこの番組を何年も前から担当しているが、以前に見たときと同一人物とは思えないほど明るいのだ。それまで二人とも常に澄まし顔だったのに。

生徒役がイモトさんになってからは、女性講師などは彼女が何か言うたびに、いい歳をして「箸が転げても〜」といった、まるで十代の女の子のように笑い転げ、笑い過ぎて涙さえ浮かべる。

ネットで調べてみたら、男女講師ともに笑いが止まらず、撮り直しになることが頻繁にあるという。

私が見たところ、イモトさんは至って普通にしていて（眉毛の太さも濃さも普通）、相手を笑わせようという意図など微塵《みじん》も感じられない。いったい中国人講師陣にとって、どこが笑いのツボなのか私にはさっぱりわからないが、彼女の存在そのものが面白いといった様子なのだ。

そして、男性講師が番組中に何の脈絡もなく語りだしたのは……。

――中国に住む母が、食後に大きなゲップをするのが僕はイヤなんです。

えっ、突然いったい何の話？

中国語講座の中で、プライバシーが語られたのを初めて見た。「人前でゲップするのはやめてほしい」と何度頼んでも、「お前は自然現象をなぜ恥ずかしがるのだ」と、逆に叱られると言って嘆いた。

あらま、本当は気さくな人たちだったんですね。それまでは、とっつきにくいと感じていたのでした。

相手が変わればこうも変わるという典型的な例を目の当たりにした思いだった。

イモトさんのお陰で、中国語に興味のない人までが見る人気番組になったという。それまでの生徒役の日本人は俳優が多く、「視聴者たちに頭が悪いと思われたら人気が落ちて仕事が来なくなる」という恐怖心でもあるのか、それとも「中国語をマスターして仕事の幅を広げよう」という真摯《しんし》な気持ちからなのか知らないが、緊張感のある真剣味と、その裏にある必死な自宅学習が見え隠れして、イモトさんのような開けっ広げのリラックス感はまるでなかった。

生徒役がまとっている芸能人の空気感が、講師陣にはダイレクトに伝染するらしい。

講師陣の素の表情やプライベートな背景が少し見えただけで、急速に親近感が増した。そういったことが原因で人気番組になったのではないか。つまりイモトさん本人の人気よりも、講師二人の変わりぶりが面白いからだ。

やはりプライベートが垣間見える方が誰しも親しみを感じるらしい。それも、「上品で美しい母」より「ゲップする母」の方が楽しい。

そんな恥ずかしいことを話すべきではないとする意見もあるだろう。神秘のベールに包まれていた方が、良い印象を持ち続ける人が多いという一面は否めない。

その匙《さじ》加減はなかなか難しい。

✤ 父は本当に死んだのか

――もしもし、太田垣楽器店さんですか？　お宅、ピアノ売っとられますか？　そうか、やっぱり売っとったか。そら、そうですわなあ。楽器屋ですもんなあ。うちは○○町の○○ですけどな、お宅に置いてあるピアノの中で一番高いの買いますわ。明日にでも持ってきてください。もしもし？　いっちゃん高いピアノやで。頼んまっせ。はい、はい、おおきに。はい、さいなら。

これは、酔っぱらった父が実際に楽器店にかけた電話である（「一番高いピアノ」と言ったのは本当だが、その他はうろ覚えである。だが、だいたいこんな雰囲気だったと思う）。

私がまだ幼稚園に通っていた頃のことだ。父が電話で話すのを、母と姉と私の三人は炬燵《こたつ》にあたってテレビを見ながら聞いていた。その夜が十二月半ばのことだったと今でもわかるのは、この直前に父と姉の会話があったからだ。

――明日、誕生日やろ。何か欲しいもんあるか？

――そうやなあ、ピアノかなあ。いっつもピアノの先生が私をバカにするんやもん。あんたの指の力が弱いのは、あんたとこオルガンしかないからやって。

――そうか、ほんなら買《こ》うちゃるわ。

父はすぐに電話帳から楽器店を探し出して電話をかけた。それが冒頭の会話である。

父が満面の笑みで受話器を置いたあと、母は笑いながら言った。

「今ごろ楽器店の人らは呆れとりんさるわ。酔っ払いが変な電話をかけてきたって、店の人みんなで大笑いやわ」

そのあと、私たち家族四人は、ピアノのことなどすっかり忘れてテレビドラマの続きを見たのだった。

翌日になり、昼前に私が幼稚園から家に帰ってきたら、家の前に大きなトラックが停まっていた。何だろうと家に入ってみると、普段は誰も使っていない道路側の部屋に、黒光りするピアノがデンと置かれていた。自分が小さかったからか、見上げるほど巨大だった。ふと見ると、すぐ横の床はぶち抜かれて土が見えていて、近所のおじさんが金槌《かなづち》と板切れで何やら作業をしている。

「ピアノが重たすぎて、床が抜けたんだわ」と父が説明してくれた。

床を直すために、手先が器用な近所の人に大工仕事を頼んだらしかった。この時点で、我が家は既に築百年以上が経っていた。城下町特有のウナギの寝床の造りで、ずっと奥まで土間が続き、土間が途切れたところに庭が広がっていて、その先は裏側の道路だ。

幼い子供二人と若夫婦の四人家族という構成では家が広すぎたのか、その当時は二階の四部屋と一階の道路側の二部屋は使っていなかった。そのせいか、ピアノを置いたくらいで床が抜けるような状態になっていることに誰も気がつかなかったのだろう。

ピアノを凝視していると、背後から近づいてきた母が言った。

「本当に持ってくるとは思えへんかったわ。どう考えても酔っ払いの電話やとわかったやろうに、さすが商売上手の人は、ひと味ちがうなあ」と呆れている。

子供から見たら「お母さん」以外の何者でもなかったが、今思えば母はこのときまだ三十歳前後の若さだった。

父はといえば、もちろん電話したことなど覚えていなかった。

そんな父が死んで十年になる。今生きていたら今年ちょうど百歳だ。

本当に死んだので、今は生きていない。死に顔も見たし葬式もした。老衰だったから穏やかな顔をしていたことも、死ぬまで髪が多かったことも覚えている。

だから、どう考えても、やっぱり父は確かに死んだのだ。

だが、死んでからの方が頻繁に思い出すようになり、生前よりも身近に感じられるようになっていることに気がついた。

そもそも盆正月くらいしか会わなかった。そのうえ帰省したときは母親とは話をするが、父親とはほとんど話さなかった。それなのに、死んでから初めて、どういう人物だったのか私なりに少しずつわかるようになってきた。

私は高校卒業と同時に家を出た。私と同じように、進学や就職で都市部に出た人も多いだろう。そうなると、親子といえども十八歳までしか一緒に暮らしていないことになる。そして、その十八年の中でも、物心つくまでの期間を除くと、子供の記憶にある親と共有した時間は更に短い。

うちの両親は仕事で忙しく、私は私で中学入学以降は勉強や部活で毎日が体力の限界といった生活で、夕飯が終わるとすぐに二階の自分の部屋へ引き上げた。だから、ロクに会話さえ交わさなかった期間も長い。それらを考えると、親子としての生活は、長い人生の、ほんの一瞬とも言えるほど短かかった。

出産などで帰省したときも、母親には本当に何から何まで世話になったが、父親の出番はなかった。母とは女同士、料理やらファッションやら話題に事欠かないが、父とは何を話していいのかわからず、話の糸口も見つからない。父はいつもこちらに背中を向けてテレビを見ているか、熱心に碁の研究をしているか、庭に降りて鯉に餌をやっているかのいずれかで、話しかけづらかった。そのうえ父も私もコミュニケーション能力が極端に低い性分なのだった。父は床屋に行くのさえイヤで、いつも髪が長めだった。

——あんたとこのお父ちゃん、グループサウンズみたいやなあ。

同級生にそう言われて苦笑いした私自身も美容院が苦手だ。鏡を通して美容師と目が合わないよう気をつけながら、ずっと下を向いて雑誌を読んでいる。最近は自分でカットすることも増えた。

何より父は古い考えの持ち主で男尊女卑だったし、癇癪《かんしやく》持ちで短気だったから、そもそも私は苦手だったのだ。

だが父とは会話が少なかった分、何を話したかをよく覚えている。長じてから様々な悩みが生じたときに思い出すのは、今までたくさん会話をしてきた母ではなく、言葉少なかった父のひとことなのである。

父が私たち姉妹に向かって最も頻繁に口にしていた言葉がある。

——カネはなんぼでも出したる。好きなように生きていけ。どこへでも自由に行ったらええ。

父は八人きょうだいだったが、長男が戦死し、父曰く「次男三男は勝手に婿養子に出てしまった」ので、四男の自分が家を継ぐために都会から呼び戻された。それまで勤めていた製鉄会社を二十代で退職して田舎に帰らなければならなかったのが、心底無念だったのだろう。それゆえ娘たちを家に縛りつけることはせず、「自由に生きていけ」の言葉が頻繁に出たのだろうと思う。

昭和五十年代の田舎では、男の兄弟のいない家では長女が婿養子を迎えて家を継ぐという風習がまだ根強く残っていた。私や姉の同級生でも、婿養子を迎えた女性が何人もいる。だが我が家は、父の「自由に生きる」という方針で、長女である姉も家を継がず都会暮らしを選んだ。

父は家を継ぐために仕方なく田舎に帰って信用金庫に勤めた。初めの頃は、会社を退《ひ》けた夕方になると町を一周歩かなければ、夜は眠れなかったと聞いた。たぶん、「田舎では面白いことが何一つないし、毎日が空しくてたまらない」と感じていたのではないか。

私も子供の頃から田舎の生活がたまらなく退屈だと感じていたので、その気持ちは痛いほどわかる。将来は東京に出ようと固く決心したのは、小学校二年生のときだ。きっかけは、テレビのニュース番組の最後に師走の街が映し出されたことだ。ジングルベルの鳴り響く夕暮れの街を、自分と同い年くらいの女の子が両親に連れられて歩いていた。見たこともない幅の広い道路、その両脇に整然と立ち並ぶどっしりしたビルの一階には、きらびやかでファッショナブルな店が立ち並んでいた。ほんの数秒のことだったが、女の子が着ていた真っ赤なコートがあまりに可愛らしくて都会的で、瞼《まぶた》に焼きついて離れなかった。

私もあんな街に住んでみたい。

どうして私は田舎に生まれてしまったんだろう。

子供心にも、焦りにも似た羨望が肚《はら》の底から湧き上がってきたのを覚えている。

今考えると、あの映像は銀座だったのだろうと思う。当時は東京の様子や土地の価格など知るはずもないから、買い物を楽しんでいたあの親子連れは、当然その近所にある一戸建てに住んでいるものだと思っていた。私の実家も商店街（当時はかなり賑やかだった）へは、歩いて一、二分で行けるからだ。

戦争に負けてアメリカの強大さを知った父は、アメリカ人を掛け値なしに尊敬していた。淀川長治氏が解説する日曜洋画劇場を見るのを毎週楽しみにしていて、「日本人がバカなのはコメを食べているせいだ。パンを食べろ」と常々言っていた。

母や私たち姉妹は、「また始まった」とばかりにニヤニヤ笑って聞き流していたが、盆正月に集まってくる従兄弟たちは父の一言一言に真剣に耳を傾け、中にはお米を一切食べなくなった子もいた。

親族の中では、うちの父が最もアタマがいいとされていて、「本家のおじちゃんの言うことは間違いがない」と親から言い聞かされていた子もいた。

言っておくが、我が父はかなり変わり者のうえに長髪で、一見するとバカっぽく見えるのだが、決してバカではない。父だけでなく、父方の親族は揃って口下手で、私を含めみんなバカっぽく見えるのが特徴である。

父は二十歳で徴兵され、筆記試験を受けさせられた結果、すぐに少尉になった。少尉仲間が何十人といる中で、大学を出ていない、もしくは大学生でないのは父ひとりだけだった。

――お前、大学はどこや？

この質問を少尉仲間の何人かにされたらしい。

京大だとか阪大だとか嘘をつけば、きっとまた「何学部か」「教授は誰か」と突っ込まれるだろうと父は咄嗟に考え、「彦根の方にあるちょっとした大学だわ」と答えていたという。だが、とっくにバレていたのではないか。誰もそれ以上突っ込まないところに、いい家のお坊ちゃんばかりの将校たちの育ちの良さからくる優しさや気遣いがあったように思う。

祖父の代は瓦の工場を経営していて従業員も多く、羽振りが良かった。それなのに大学に行かせてくれなかったことを、父は後々まで「あの親父は先見の明がなかった」と怒っていた。その工場は、戦後の混乱と貨幣価値の劇的な変化で畳まれる運命となった。

話を元に戻すと、父は田舎に戻されて信用金庫に勤めたのだが、ある日ふと思いついて、定年までの生涯賃金を計算してみたという。その結果、「たったこんだけか」と絶望し、「アホらしなって辞めたった」のだった。都会の大手製鉄会社と田舎の信用金庫の賃金には雲泥の差があったのだろう。

この気持ちもよくわかる。なんだかんだ言ってオカネなのだ。

オカネとは言うものの、本質はオカネの問題ではない。矛盾しているようだが矛盾はしていない。尊厳の問題なのだ。こんな安月給でワシをこき使えると思っとるんか、バカにするのもええ加減にせえよ、という怒りなのである。

そして父は商売を始めた。最初は問屋だったが、見知らぬ宗教団体に騙されて不渡りを出し、夜逃げを考えるほど苦労した時期があったと聞いている。しかしそのあと問屋をやめて製造業に乗り出した父は成功した。高度成長期と、それに続くバブル景気が後押しした面もあるだろうが、みんながみんな成功したわけじゃないから、やはり父には商才があったのだろうと私は思っている。

生前は、田舎にいる父のことをこれほどまでに思い出したり、父から言われた数少ない言葉を改めて考え直したりすることはなかった。頑固で瞬間湯沸かし器のように短気で、大正生まれで男尊女卑の権化《ごんげ》のようだったので、常に心の中で反発していたことだけが心に刻まれていたからだ。

だが今振り返ってみれば、言うことは男尊女卑だったが、育て方は真逆だった。それに気づいたのは、つい最近になってからだ。

そういえば、姉の同級生で四年制大学に進んだのは姉を含めて学年で数人だけだった。そのとき姉の友人たちが本気で心配したのを覚えている。

——嫁の貰《もら》い手がなくなるよ。短大にしといた方がいいよ。

私が大学へ行くために東京で暮らし始めたときも、アパートの大家のご夫婦や、たまに行くレストラン（というか食堂に近いが）の女将《おかみ》さんなどに、「よくもまあ田舎から嫁入り前の娘を一人で東京に出したりして、いったい……」と、言外に（いったい親御さんは何考えてんだか、きっとロクでもない）と言いたそうに、軽蔑を含んだような目で見られたことも一度や二度ではない。

あの時代は、東京に住む人々でさえ、驚くほど考えの古い人が多かった。それにしても、田舎から出てきてヤバイ仕事（どんな仕事ならヤバイのか思いつかないが）に就いているのならともかくとして、私は大学生だったのですよ、まったく、もう。

死んでから初めてその人がどういう人だったかがわかるというが、その通りだと思った。父は、本当は優しい人だったと今ならわかる。そういったあれこれに気づくのに、死後十年もかかってしまった。

あの日父が買ってくれた「店でいっちゃん高いピアノ」は、今も実家にデンと据えられている。

くたばれ、ルッキズム！

冬季北京オリンピックが閉幕した。

悲喜こもごも様々なドラマが展開された中に、涙に暮れるシーンがいくつかあった。

ジャンプ競技では、高梨沙羅選手がなぜか失格となってしまった。着用スーツに規定違反があったというが、納得できる理由ではなかった。

この四年間というもの、この日のために様々なことを犠牲にして練習一筋で頑張ってきたに違いない。彼女はしゃがみ込んで号泣し通しだった。

無念な心中を察するうち、私はもらい泣きする方向ではなく、怒りの方向へと気持ちが急激に傾いた。

「スーツ違反なら飛ぶ前に、『違反だよ、もっとスリムなのに着替えてきなさい』と言ってあげればいいじゃないの。飛んだあとに言うなんて、性格悪すぎ！」と、テレビに向かって叫びたくなった。

本当はジャンプ競技については詳しくないし、事情もあまりよくわかってはいなかった。だがオリンピックを観戦する時間帯に限っては、日本の選手を応援する。私は会ったこともない高梨沙羅選手の味方に急遽変身し、当然のごとく彼女の肩を持った。

そして、高木姉妹の団体パシュートだ。

あの決勝戦を見た人なら誰しも覚えていることだろう。ゴールを目前にして、お姉さんがバランスを崩して転倒したことを。

お姉さんは、妹を含む他のメンバーに申し訳ないと思ったのだろう。もちろん自分自身のこれまでの練習を考えても無念だったであろう。かなりのショックを受けたと見え、試合終了後もずっと泣き通しだった。ここに個人競技ではない団体競技のつらさがある。

カメラは執拗にお姉さんを追いかけ、しゃくりあげる様子を映し続けていた。泣き顔が視聴者にウケると思い込み、執拗に画像を垂れ流すテレビ局の姿勢も気になった。

そのとき、LINEの着信音が小さく鳴った。見ると、娘からだった。

――カメラマンが気持ち悪い。しつこく追いかけすぎ。

私と同じように感じているらしい。

そもそもお姉さんに対して失礼ではないか。臨場感を演出するための道具にしている。視聴者はこんな演出は望んでいないのに、まったく何を考えているのだ。

と思っていたら、テレビ画面の下部にテロップが出た。

――大丈夫だよ。みんな君を応援しているんだから。(七十代・男性)

――誰も君を責めてなんかいないよ。前を向いて。(六十代・男性)

――人生は山あり谷ありだ。謝る必要はないんだよ。(八十代・男性)

お姉さんを慰めようとする、六十代から八十代の男性視聴者からのメールが次々に紹介された。

年下を慰めようとする庇護欲であり、一方的な自分本位の保護欲が感じられた。年下の「可哀想な人」というイメージを作り、自分は頼りになる存在と思い込み、守りたいという願望が露わになっている。自分が慰めなければ落ち込んだままだろうという幻想と、そして自惚れ。

テレビ局はあからさまに高木姉を商売道具として利用しているのに、このキモイ人々は気づかない。そして泣くと急に身近に感じるという思い違い。

――確かに気持ち悪いね。

そう書いて、娘にLINEを返した。

以前書いたエッセイ「男性から握手を求めてはいけない」の中でオリンピックについても触れたが、守りたい対象は若くて顔がかわいい人だ。隣国の恋愛ドラマでも、「かわいそうな境遇」で且つ美人というのがヒロインの定番だ。

そういうヒロイン像を見て不快に思う男性視聴者もいるのではないか。男というものは、こういった女性を守ってあげたくなるものだと決めつけられていると感じるのではないか。

あれはいつだったか、小説を書くようになってから、担当編集者（当時三十歳前後）とカフェで打ち合わせをしているとき、つい尋ねてしまったことがある。

――ねえ◯◯さん、あなたくらいの美人になると、やっぱりモテるんでしょうね。

――そうでもないですよ。私だけじゃなくて、同期はみんな美人ですから。

呆気に取られた。だが、「私なんか全然美人じゃないですよ」などと見え見えの謙遜をされるより、平然と認めてしまうところに好感を持った。

――みんな美人って、ホント？

――ええ、本当です。同期の男はみんな不細工ですけどね。

——どうして？

——どうしてって、決まってるじゃないですか。人事が全員オジサンだからですよ。カッコいい若い男が入社したら腹が立つんでしょうよ。

そんなこともわからないのか、とでも言いたげに、彼女はニコリともせず私を見た。

もしかして、私はバカなのか？

私はいい年をして純真な小学生女児のように、「大人の社会って汚い。女性の努力はどうなるの？」などと咄嗟に思い、ショックを受けたのだった。

デジタル庁長官の人選がおかしい件

日本はIT後進国だと言われるようになってしまった。

新型コロナウイルスの対策として、一昨年（二〇二〇年）、特別定額給付金十万円が全国民に給付されたが、そのときの対応は遅かった。

お金を振り込むだけのことに、なんでこんなに日数がかかるのか。案内状を送るだけで何ヶ月もかかり、国民それぞれの銀行口座に振り込むのに、さらに何ヶ月もかかった。オンラインシステムが整っていれば、エンターキーをポンと一回押すだけで、全国民それぞれの口座に一斉に振り込むことができるのに……。

それ以降も、続々と問題は発覚した。飲み屋などを経営する人たちに雇用調整助成金を支払うときも、遅れに遅れ、システムの不具合や各省庁間のデータ連携不足が相次いで見つかり、ワクチンの接種券の郵送や接種の予約なども、かなりもたついた。

最も気になるのは、何百億円とかかる「事務手数料」なるものだ。政府が国民に現金やマスクをバラまこうとするたび莫大な費用が発生する。それを耳にするたび、ズンと気分が沈むのだった。

そんなつまらないことに税金を使わないでください。それって、私たちが払った税金ですよね。

そして、とうとう、というか、やっと「デジタル庁」ができた。

ああ、これからは日本もＩＴ先進国になる。うん、大丈夫だ。なんたって技術立国ＪＡＰＡＮだもの。そう思い、私はホッと胸を撫でおろした。

それなのに……。

ほとんど進歩が見られないのは、どうしてなんでしょうか。

給付金の案内状を作るプログラムや、各人の口座に振り込むプログラムは、ＳＥやプログラマー経験者なら半日あれば作れるのだが。

腹立たしさを通り越して、政府の対応の遅さを不思議に感じた人が大勢いると思う。

全国民が使うことを想定すると、日本全国各地から一斉にアクセスしてもサーバーが落ちずに使えるかどうか、レスポンスが異様に遅くなったりしないかどうか。それらを確認するには大掛かりなテスト環境を準備しなければならないし、各省庁間でデータを共有するためには協力が必要だ。

だけど、それにしたって、ですよ。あまりに遅くないですか？

初代デジタル庁長官は平井卓也氏だ。

——もっとＩＴ関連に詳しい人じゃなきゃダメだよ。

テレビで平井氏を初めて見たとき、私は瞬時にそう思った。

台湾のオードリー・タン氏の顔が思い浮かんだ。彼は十九歳のときにシリコンバレーでソフトウェア会社を起業し、三十五歳で台湾の行政院に入閣し、デジタル担当の政務委員を務めるようになった。

——なにも大臣自身が現場で実際に働くわけじゃなし、そもそも上に立つ人間というのはね、具体的なことを指示できなくてもいいのだよ。おおまかな方針を示して、ドンと構えていればいいのだ。

会社組織などではそう言われ続けてきた。だけど、私はそれらを聞くたびに解せなかった。だって、現場を知らない人間に、いったい何がわかる？

ことコンピューターに関しては、特にそうだ。全くの素人がたとえ「大まか」であっても部下に指示なんか出せるわけがない。

私が会社でSEとして働いていた頃のことだが、営業職の人間は罪深かった。知りもしないで、とんでもない仕事を受注してくる。うちの会社には、その種類のスキルを持っている人はいないですけど？　いったいどうするんですか？　今から勉強しろって？　無茶なことを言わないでくださいよ。

そのせいで何ヶ月も深夜残業が続き、みんな疲弊した。

コンピューターの仕事は、他のジャンルとは比べようもないほど、知らない人には仕事内容すら想像がつかないものだ。知識や経験のない人に、「わかりやすく」説明すること自体が不可能なのだ。

というのも、その当時、向かいに住む年配の主婦が、私の仕事を尋ねたことがあった。私の丁寧な説明が終わるや否や、彼女は「要はワープロ打ってるのね」と結論づけたことがある。

法務大臣だけは弁護士資格のある国会議員が任命されることが多いから、配慮されているように思う。だが、国土交通省や環境省などでも、その道のエキスパートでなければ本当のところは理解できないと思う。

テレビのニュースで、平井氏が「コンピューターに詳しい人物」と紹介されたとき、私は安心したのだった。私が会社に勤めていた頃の切れ者の部長たち――コンピューターが三度のメシより好きで、オシャレには無頓着でいつも同じスーツを着ていて、オタク少年がそのまま年を取ったような心優しき純真なオッサンたち――を思い出し、平井氏があのタイプであれば、きっと大丈夫、さっさとシステムを構築してくれるはずと、期待に胸を躍らせたのだった。

それなのに、なぜ日本は進歩しない？

ふと気になって平井氏の経歴を調べてみた。上智の外国語学部英語学科卒→電通→西日本放送代表取締役社長→自身が設立した美術館の館長→同族経営の高校の理事長→国会議員。

あのう、ちょっとお聞きしますが、どの段階でコンピューターに詳しくなられたのでしょうか。

二代目と三代目のデジタル大臣は牧島かれん氏だ。平井氏と同じく世襲議員であり、経歴はというと、ICU教養学部社会学科卒→ジョージ・ワシントン大学ポリティカル・マネージメント大学院→ICU大学院行政学研究科→国会議員。

あのう、ちょっとお聞きしますが、どの段階でコンピューターに詳しくなられたのでしょうか。

ここで私なりに色々と考えを巡らした。平井氏が「コンピューターに詳しい人物」であるとニュース番組で紹介されたのを、私は確かにこの耳で聞いた。ということは、国会議員の中でも、「自他ともに認める」レベルなのだろう。だが、「詳しい」とは具体的にどういうことか。

不意に嫌な予感がした。

グーグルで検索することができて、ワードも使えるなどという程度のことではあるまいな。スマートフォンさえ使えない議員ばかりの中にいたら、「お前、自分のパソコン持ってんの？　すごいねえ。で、実際に使えるの？　YouTubeとかいうヤツも見られるの？　ゲームもできるの？　ホント？　尊敬しちゃうなあ」となり、だったら「初代デジタル大臣はお前で決まり」

という判断だったのではないか。

ということで、今後のデジタル庁長官は、今現在、現役でSEをやっている人が就任することを切望いたします。台湾のオードリー・タン氏のような人材は、日本にもかなりの人数いると思いますので。

これを書いている途中、ふとH氏のことを思い出した。生命保険会社で大規模なプロジェクトが立ち上がり、何社ものソフトウェア会社の人間が何十人も集められたときのことだ。私もそこに配属され、数年間その生保会社に通っていた時期があった。

その中にH氏はいた。外資系コンピューター会社のキャリア組の彼女は、アメリカの大学院を出た「いいとこのお嬢さん」という触れ込みだった。だが会議で見る彼女は、概要に関して大雑把な発言をするばかりで、いつも具体性がなく、実際のシステム作りに貢献しているようには見えなかった。

この人、何の役割でここに派遣されているのかなと、私は不思議な思いで遠巻きに眺めていた。そして半年も経たないうちに、彼女は「私はまだ勉強が足りない」と反省したとかで、イギリスの大学院に学び直しに行くと言ってプロジェクトを抜けた。

もしかして、実際の経験なしで理論だけ学ぶ人が出世する世の中なのだろうか。

H氏のような机上の空論タイプは、デジタル大臣には適任ではないと思う。

くれぐれも肩書だけで人選しないよう、お願いいたします。

ＩＴ後進国であることの幸福

私がずっと摩訶《まか》不思議だと思っていて頭から離れなかったことがある。

――中国はキャッシュレス社会となり、現金を持ち歩いている人間などいない。

――日本に観光に訪れても、カードが使えない店があって不便だ。

いかにも日本は遅れていると言いたいようだ。

だが、しかし、ですよ。それ、本当ですか？

中国の奥地の暮らしを撮ったドキュメンタリー番組などでは、零細な農業で生計を立て、家の中の家電といえば小さなテレビだけといった暮らしをよく目にする。そこまで奥地ではないにしても、中国の田舎に住むお爺さんやお婆さんたち全員がクレジットカードを持っているのだろうか。パソコンやスマートフォンを自在に操《あやつ》って、欲しい物があればさっさとネットで注文しているのか。そして、どんな田舎でも隅々までＷｉ－Ｆｉが張り巡らされているのか。

到底そうは思えない。だとしたら、キャッシュレス社会というのは、大都市部に住む中年以下の人々に限っての話で、田舎の人々はどうやって暮らしているのだろう。

そして、遠隔授業についても疑問を持った。コロナ禍で休校となり、さっさと自宅でのオンライン授業に切り替えたと各国は胸を張るが、漏れなく全家庭にパソコンがあるのだろうか。それとも、持っていない家には無償で配られたのか。仮に配ったとしても、そう簡単に使えるものだろうか。パソコンのない家庭は、親も使わないからWi-Fi契約もしていないわけで、その契約料も国が負担したのか。配るだけでなく、家庭内に設置もしてあげて、電源を入れるところから全部説明してあげたのか。それも、あっという間に全世帯に?

といったように、頭の中に次々と疑問符が浮かんだとき、ある記事が目に留まった。

——アメリカではコロナ禍で高校を中退する生徒が続出。

記事を読み進めていくと、オンライン授業が始まり、自宅にパソコンがない生徒は置いてきぼりになって単位が取れず、中退者が続出したと書かれている。あまりに配慮が足りないではないか。その後も別の記事で、中国や韓国では「時代の波に乗れない年寄りは切り捨てられている」と書かれていたのを読んだ。

やっぱりそうだったか。やっぱり置き去りにされてるんだよね。やっと納得がいった。だって全国民が一斉にパソコンやスマホを配布されて、すぐに操作できるなんて神業《かみわざ》だもの。

日本は戦前から各家庭に水道や電気が行き渡り、電話線が敷設され、戦後は様々な家電製品が徐々に普及していった。それらを段階的に経験してきた日本人でさえ、昨今の技術革新についていけない人が続出している。

しかし世界を見渡せば、水道もなく電気も通ってない地域で携帯電話を使っている人々がいる。

持っていない人から見れば、まるで魔法の道具のように見えるだろう。テレビにしたって、持っているかいないかで、世界がまるっきり違って見えるはずで、そういうところからも格差が広がっていく。

そんなとき、札幌在住の八十代の女性から電話がかかってきた。

——いやになっちゃう。ワクチン予約の電話がなかなかつながらないのよ。

「ネットで予約すればいいじゃないですか。私がやってあげますよ」

——あら、今あなた札幌にいるの？

「いえ、東京ですけど？」

——だったら無理じゃない。

「は？　えっと……インターネットというのは、ですね、世界中に繋がっておりまして、どこにいても予約はできるわけですが」

——東京にいても札幌のワクチン接種の予約ができるってことなの？

「そうですよ、できますよ」と何度言っても信じてもらえなかった。

——もう電話予約はあきらめて、明日区役所に行って申し込むわ。

「区役所の窓口でも予約できるんですか？」

——もちろんよ。一人一人に親切に対応するせいで行列ができて、かなり待つという噂だけど仕方がないわ。

日本の役所は、ネットを使えない人々に対する配慮を忘れてはいないらしい。

つまり今回私が言いたいことはですね、たとえIT後進国だと諸外国からバカにされたとしても、IT弱者を切り捨てる国よりは百倍マシだってことですよ、はい。

疲れ果て、子供たちを理不尽に叱った日々

ここ数年の間に私の暮らしや考え方がどんどんシンプルになってきた。

そのことによって体力的にも精神的にも、それまでに比べてぐっと楽になったように思う。

今回は、その中でも特に大きく変わった料理について書いてみたい。

新型コロナウイルスの影響だけでなく、土井善晴氏の料理番組を見たことも大きなきっかけとなった。

土井氏は言う。

――食事は一汁一菜で十分です。

――味噌汁の出汁《だし》を取る必要なんかありませんよ。そもそも野菜や豆腐から美味しいエキスが出るんですから、味噌を入れるだけで美味しいんです。

昨今は、共働きでなければ経済的に苦しい家庭が多くなったが、にもかかわらず、家事育児の

負担は女性に大きく傾いたままの家庭が多い。そのことは女性にとって、たぶん男性が想像する何倍も深刻な問題だ。体力面だけでなく、心の奥底にあるアンフェアに対する絶望感や無力感も半端ないことに気づいてほしいと切に願う。

土井氏はそんな事情を慮《おもんぱか》って、働く女性を応援する意味も込めて、あのような発信を続けているのではないかと私は勝手に想像している。

日本人はいったいいつの時代から家庭料理にこれほどまでに力を入れるようになったのだろうか。

必ず昨夜と異なる晩御飯を、それも何品も揃えて家族に提供するのが「普通」で、それが妻や母の立場である女性への強迫観念ともなっている。そして、手作りイコール愛情という考え方や、出来合いの物は添加物だらけで成長期の子供には食べさせられないといったことも女性の肩に重くのしかかる。そのうえ農薬も心配だ。

しかし、日本以外の国では毎晩だいたい同じものを食べるのが世界標準だ。例えばドイツなら来る日も来る日もパンとハムとチーズで、全く火を使わないといった家庭も多いと聞く。つまり食事は作るものではなくテーブルに並べるだけのものだから、誰にでも用意できるし、当然だが食費は激減する。

野菜を全く食べない日が続いても平気なのは、人種の違いによる身体の違いだろうか。それでも休日だけは家族みんなで料理を作ったり、親戚や友人を呼んで庭でバーベキューをしたり、経済的余裕のある家庭では外食する。

そうは言っても毎晩同じものを食べるなんて、女の私だって嫌だと反発する人もいるだろう。だが日本人でも、朝食は毎日ヨーグルトと果物とトーストといったように定番化している人も多い。それがたまたま外国では夕飯も同じようにパターン化しているだけのことだ。そう考えると理解しやすい。

——お母さん、今夜のごはんは、なあに？

この言葉を聞くと、大半の人が温かい家庭の雰囲気を思い浮かべるだろう。だが私は子供たちにこれを尋ねられるのがすごく嫌だった。毎晩美味しい料理を提供しなければならないというプレッシャーは、共働きの会社員だった私には荷が重かった。

——今夜はね、〇〇ちゃんが大好きなハンバーグよ。

などと、心にも体力にも余裕のあるお母さんなら、にっこり微笑んで優しく答えるのだろう。学校から配られる「今月の給食献立表」を、冷蔵庫にマグネットで貼りつけてある家庭も多く、それを逐一確認しながら、夕飯のメニューが昼間の給食と重ならないよう気を配る母親たちも多かった。

だが私は会社から帰宅した時点で、その日の体力を全部使い果たしていた（残業しないで済むよう、出社後すぐに集中して仕事を開始し、昼休みも短時間で切り上げて仕事を続行していたためか）。

――その質問、大っ嫌いなのよ。二度と聞かないでちょうだい！

ある日のこと、私は小学生だった子供たちに金切り声で叫んでしまった。それ以降、繊細で優しい性格の息子と娘は、二度とその質問をしなくなった。

子供たちが独立したのち、子供たちにイライラをぶつけた日々を毎日のように思い出しては自分を責める、ということを、どうやってもやめられなかった。そのうち眠れなくなり、睡眠薬を処方してもらった時期もある。振り返ってみれば、完全に鬱状態だったと思う。

つい最近になって、当時のことを娘に謝った。そしたら娘は言った。

――とんでもない。小学生の頃は仕方がないとしても、中高生のときに、どうしてもっと家事を手伝ってお母さんを助けてあげなかったのか。今思うと、あの頃の自分が信じられないよ。本当に申し訳なく思ってる。

想像もしなかった言葉が返ってきて、私は心底びっくりした。

こちらこそ、とんでもない、と言いたい。中高生になってからの子供たちは、忙しい日々を送っていた。二人とも運動部に入っていたし、塾にも通って、自宅でもさらに勉強……と疲れ果てていて、暇な時間などほとんどなかった。

ちなみに息子は、本当かどうか、「そんなことあったっけ。覚えてないけど」と言ってくれた。

当時は東京郊外に住んでいたが、そこでは母親のほとんどが専業主婦で、パートに出ている母親ですら少数派だった。どの家庭でも夫たちの通勤時間が長いうえに残業も多く、たとえ専業主婦の女性であっても、ワンオペ育児家事に苦しんでいた。

近所には料理自慢の知人が多かった。その当時は気づかなかったが、今になって考えてみると、それは料理技術の自慢ではなくて、「女らしさ」の自慢だったと思う。

私は車の運転がうまいのよ、日曜大工なら私に任せてよ、といった類の自慢とは根本的に異なるものだった。私は「女としての」嗜《たしな》みがあるの、というニュアンスがあったように思う。

光陰矢の如しとはよく言ったものだ。

長い間、そんな古い価値観の中で暮らしていたことを思い出し、年月が経ったのだと思った。

PTAなどでは、仕事を持つ女は料理が下手で家の中も散らかり放題だと決めつけたがる母親もいた。

――ダンナさんの給料が少ないと、奥さんも働かなくちゃならないから大変よね。

そう言われたこともある。

女性も職業を持つべきだと考える女性が、近所にはいなかった。同世代なのに、これほどまでに考え方が違うのか、「類は友を呼ぶ」の言葉通り、それまで私の周りには、私と同類の女しかいなかった。

様々なつき合い――会社、家族、親戚、ご近所、趣味等を通して知り合った人々、PTA、学生時代の同級生等々――の中で、いま思い出してみても、PTAがダントツで苦手だった。絶対に友人になれないタイプの人間は、会社にも親族にも趣味の会にもいるが、PTAではほとんどの母親がそうだった。

私の小説には、豚汁の描写が頻繁に出てくることに、ある日気がついた。たぶんそれは、若かった頃の自分に、「米飯と豚汁だけで栄養的には十分だったんだよ、無理しなくてよかったんだよ」と教えてやりたい気持ちの表れではないかと思った。

土井氏は一汁一菜というが、野菜が入った味噌汁に豆腐や油揚げや肉を入れたら、もうそれだけで栄養価は十分で、一菜すら作らなくてもいいことになる。出勤前についうっかりして炊飯器のタイマーを入れ忘れた日なら、買い置きのお餅を入れてお雑煮にしてもいい。

そうはいっても食事は楽しむものでもあるから、余裕があれば簡単な物をもう一品作ってもいい。魚か肉をサッと焼くだけでも十分すぎるほどだ。

あの頃の私は、成長期の子供の健康を考えて、添加物にも細心の注意を払っていた。そのことが更に忙しさに拍車をかけた。

着色料などもってのほかで、いちいち商品の裏面の原材料の欄を見て、ワケのわからない怪しげな物が入っていないかをチェックした。それをすると、出来合いの物の中で食べられるものなどほとんどなかった。総菜だけでなくスイーツなどの市販のもののほとんどが、私の基準では不合格となった。

だから茶碗蒸しもトンカツもポテトサラダも天ぷらも煮物も、そしてパウンドケーキやプリンまで……もう何から何まで手作りする以外に方法がなかった。休日のおやつには、トウモロコシやサツマイモを蒸したり、大学芋やフライドチキンやフライドポテトを作ったりした。

私は煮干しから取る出汁《だし》が最も好きなのだが、東京で売っている煮干しの値段の高さには、見る度に腰を抜かしそうになる。以前は実家の母が送ってくれていたが、最近は歳を取ったからか送ってくれなくなった。

その後は知人にもらった高級な「焼きアゴだし」の美味しさに感動し、それをきっかけに同じ物をふるさと納税で届けてもらうようになった。

そこにきて、土井氏の「出汁不要」発言を聞いたのだった。冒頭の土井氏の提唱を知ったのは数年前だ。そこで、私も味噌汁を作るときに出汁を取るのをやめてみた。

——不味い。やっぱり美味しくない。

土井氏には悪いけれど、不味くて食べられないと思った。

だが、そこで、はたと考えた。

いったい美味しい味とはなんなのか。

私たちの舌は添加物に慣らされていて、化学的に生成された味を美味しいと錯覚するようになっているのではないか。

——美味しい物は身体に悪い。

ハムやベーコンやソーセージなどは添加物の塊だ。だが、肉そのものより美味しいと感じてしまう。

私の経験から言えるのは、どんな味でも二週間で慣れる、というものだ。薄味にも砂糖断ちにも、二週間もあれば慣れるものだ。

私も御多分に洩れず、お米はずっと以前に白米から発芽玄米に替えたし、添加物の代表ともいえるハム類は買わなくなった。

そういった健康志向が広まって久しい。それは言い換えると、「何が美味しいか」ではなくて、「何が身体にいいか」を基準に選ぶ人が急増したということだろう。味は二の次となった。

だって、炊き立てホカホカの白米より美味しい物が他にありますか？

ある日、鶏ムネ肉を薄切りにして酒と醬油につけておき、それを焼けば十分にハムの代わりになることに気がついた。それ以来、サンドイッチに挟むのもハムではなくて鶏ムネ肉にするようになった。ハムよりずっと安上がりでもある。ハムエッグのハムも薄切りの豚肉に替えた。

市販のドレッシングも買わなくなった。とはいえ、自分でドレッシングを作るのは面倒（特に油のついた容器を洗うのが面倒）で、野菜サラダの上に塩と胡椒をパラパラと振りかけ、オリーブオイルを少し回しかける。それで十分美味しいと気づいた。

日によっては、ワサビを溶いた醬油を数滴かけるだけだったり、キュウリに味噌を塗ったり、粉チーズを振りかけるだけといった日もある。

ブロッコリーもカボチャも電子レンジでチンするだけで味付けナシの方が、しみじみと美味しい。なんならピザ用チーズを載せてオーブントースターで焼けば、そんじょそこらのレストラン

しい。

よりイケるし安心安全だ。

そして、砂糖を家に置かなくなった。料理に砂糖は一切使わない。煮物にも入れなくなって久しい。

去年だったか、帰省したときに母が「今夜は上等のお肉を張り込んでスキヤキにしたげる」と言ったので、私はすかさず「お砂糖を入れれんといてよ」と言った。

「ええっ、スキヤキにお砂糖入れれへんなんて……甘っ辛いからこそ美味しいのに。そんなこと言うんやったら、スキヤキなんかやめるわ」

せっかくの厚意を可愛げのない娘に無下にされたと思ったのか、母はムッとして言った。

「あのなあ、お母さん、上等の但馬牛と○○屋（地元の豆腐店）の焼き豆腐を入れたら、お砂糖なんか入れんでも、もうそれだけで十分美味しいやん」と、無駄だと思いつつも説得を試みたところ、母は「……なるほど。そう言われたらそうかもしれん」と、思ったより簡単に納得した。

その日の砂糖なしのすき焼きは言うまでもなく美味しかったです。はい。

だが、大学時代の友人が遊びに来たある日のことだ。

コーヒーを出したら、「お砂糖、出してくれる？」と友人が言う。

「へっ？　今どきコーヒーにお砂糖入れる人がいるの？」

「あら、悪かったわね。私はお砂糖を山盛り二杯と牛乳をたっぷり入れないと飲めないの」

彼女は昔から大のコーヒー好きなのであるが、そういえば甘ったるい缶コーヒーが大好きだったというのを、やっと思い出した。

「ごめん、うちに砂糖はない」

そう言うと、友人は目を見開いて「ほんとに？　お砂糖を置いてない家なんてあるの？」と驚いていた。聞けば紅茶なら砂糖なしで飲めるというので、紅茶を淹《い》れ直したのだった。

もっとシンプルライフを目指せばよかったのに、もっと手を抜いてもよかったのに、でも頑張ったと過去の自分を慰めてやりたい。

当時の知人たちも毎日のように献立に頭を悩ませ、少ない予算の中から工夫してご馳走を作っていた。あの当時はコンビニもなかったし、スーパーが七時には閉まる時代だった。家庭での冷凍技術も広まっていなかったし、家庭用冷蔵庫の冷凍室の機能はイマイチだったように思う。

人生を振り返ってみたとき、みんなそれぞれに後悔がある。

だが時間的余裕があり、子育て期にしっかりと子供に向き合った人は、男女ともに人生そのものに後悔が少ないと何かで読んだ。

一度母になったら死ぬまで母である

最近もっとも衝撃を受けた本は、イスラエルの社会学者オルナ・ドーナト著／鹿田昌美訳『母親になって後悔してる』である。

大型書店内をぶらぶら歩いているときに背表紙が目に留まり、そのショッキングなタイトルに思わず足が止まった。本を手に取り、最後の「訳者あとがき」を立ち読みし、そこで再びショックを受けたのは、日本での翻訳出版があまりに遅いことだった。

この本がドイツで刊行された二〇一六年には、西側諸国で注目を集め、SNS上で激しい議論が交わされたという。その後はブラジル、中国、フランス、イタリア、韓国、ポーランド、ポルトガル、スペイン、台湾、トルコ、アメリカで版権が取得されたらしい。

二〇一六年といえば、既に六年も前だ。だったら日本での初版はいつだったのだろうと慌てて奥付を見ると、つい数ヶ月前だった。発行日を見つめながら暗い気持ちになりそうだったので、思わず深呼吸した。

興味が湧いたというよりも義務感にかられ、レジに直行した。カバーをつけてもらったのは、『母親になって後悔してる』などというタイトルを他人に見られたら、鬼母だ、毒母だと後ろ指を指される気がしたからだ。虐待を思い浮かべる人もいるに違いない。

――もしも過去に戻れたら、再び子供を持ちますか？

この問いに迷いなく「ノー」と答えた女性たちへのインタビューに基づいて、この本は構成されている。

「子供を産んだことは後悔していない。私は子供を愛している。だけど、母親という役割は私には合わない」と全員が同じように答えている。

読み進めるうち、彼女らの日々の暮らしから、聡明さや真面目さが窺われた。子供たちの成長を辛抱強く見守り続けて努力を惜しまない。その一方で、もしも人生をやり直せるならば、決して子供を産まないと言いきるほどの拒絶感がある。

その理由は何なのか。

その最も肝心なことが私には読みとれなかった。

あまりに真剣に自己と向き合い、子育ての責任を全うしようとするからなのか。そして子供の世話に振り回され、自分が主役となるはずだった一度きりのかけがえのない自分の人生が、跡形もなく消え去ったと感じたからか。

母親になれば、「自分の人生の主役は自分である」という当たり前のことを剥奪される。子供から離れたり休憩したりする機会も極端に限られてしまう。一方で、ほとんどの父親は逃げることができるし、実際にそうしている。

誰にも頼れない母親は行き詰まり、この感情が煮詰まると、破滅的な意識に発展しても不思議ではない。短い「休憩」ではなく、母であることを完全に消し去りたいと願ってしまうのも無理からぬことだ。

この世の中に、「母親」という役割ほど大変でつらいものはない。母親というのは、どこまでも忍耐強く寛容であり、子供のためには喜んで自己を犠牲にし、いつでも笑顔で迎え入れる、などといったイメージがある。それらは社会が作り上げた理想像にすぎないのに、そうでなければ母親失格という烙印《らくいん》を押される。

母なる大地、母なる海などという言葉が示す通り、母とは包容力そのものであり、神聖なイメージがつきまとう。

母たるもの、こうでなければならないと理想を押しつけられ、子供に何かあれば、そのすべての責任を負わされる。毒母、鬼母という言葉はあるが、毒父、鬼父という言葉はあまり聞かない。

こういった風潮の中、全てを放り出してどこか遠くへ行ってしまいたいと思ったことのない母親なんているのだろうか。

そして、一度母になったら死ぬまで母である。

子供が成人しようが、家を出て独立しようが、はたまた子供が中高年になってさえ、常に頭の片隅に子供の身を案じる自分がいて、終生、母親役から降りることはできない。そして我が子を愛すればこそ罪悪感がつきまとい、そこからも一生涯逃れられない。

ふとある光景を思い出した。バスに乗ったときのことだ。そのとき私はまだ二十代だった。

——うるさいんだよ、早く泣き止ませろよ。母親だろうがよ！

バスの運転手が赤ん坊連れの若い母親に怒鳴ったのを見て、私はショックを受けた。若い母親は「すみません」と何度も謝り、泣きそうな顔で身を縮こまらせていた。つまり母親というものは、簡単に赤ん坊を泣き止ませられる魔法使いの役割も負わされていた時代があった。

最近のバスの運転手たちは紳士揃いになったが、当時は（私の印象では）常に苛々していて機嫌の悪い人が多かった。私自身も料金を尋ねただけで、ものすごい勢いで怒鳴り返されたことがある（彼らは男性客に対しては決して怒鳴ったりしない）。

息子が三歳くらいのときのことだ。爪先に怪我《けが》をしたので、保育園の帰りに整形外科医院に連れて行った。待合室にあった低い台にひょいと息子を抱き上げて座らせたとき、そこを通りかかった整形外科の男性医師が烈火のごとく怒りだした。

――そんなところに座らせて、もし落ちでもしたらどうするんだ。お前は母親だろう。母親としてなってない。そもそも母親というのは……云々。

偏執狂かと思うほど延々と説教が続いた。周りの看護師や受付の女性たちは特に驚いた様子もなく、それどころかまるで聞こえないかのようにこちらを見ないことからして、この説教は日常茶飯事なのだろうと推察した。

いつまで経っても説教が終わりそうになかったので、私は医師の言葉を遮り、息子をその台に座らせた理由を説明した。

――怪我をした足が床につかない方がいいと思ったからです。この台は低いので、仮に落ちたとしてもたいしたことはありませんし、そもそも私は息子からいっときも目を離しません。

すると医師は「鳩が豆鉄砲を食らった」という言葉がピッタリくる顔つきになった。その表情からして、今まで言い返した母親がただの一人もいなかったことが想像され、私は愕然とした。

その医師はとっくに七十歳を過ぎているように見えたから、つまり五十年もの間、弱い立場の人間に説教することでストレスを発散し、自分が偉くなったように勘違いして、いい気分になっていたということだ。

しかし今回は、「母親の分際で生意気な」私に言い返されてショックを受けた様子で、黙ってうつむいてしまった。もしもそのとき、私が「若い母親らしく」、「しおらしく」謝っていたならば、どうなっていたか。たぶん私は、その夜は悔しくて眠れずストレスが溜まり、翌日の勤務に差し支えたことは間違いありません。だから、過密スケジュールの私としては医師に言い返して正解でした。

近所に整形外科医院はそこ一軒しかなかった。だが翌年になると、整形外科専門の大きなビルが建ち、この小さな医院は、いきなり閑古鳥が鳴くようになった。やはり誰しもこの医師が嫌いだったらしい。

たとえ自分の夫が真のフェミニストで優しい人間だとしても、女は一歩外に出ると百人の敵が待ち構えている。つくづくそう思い知らされる日々だった。

当時、私の周りでは、「子持ちの母親＝アタマが悪い」と決めつける風潮が歴然とあったから、どこへ行っても傷つくことが多かった。世間は私を「母親」としてだけ見る。それぞれの個性や能力や将来性などは存在しない。世間が作り上げた「母親」という理想像に押し込まれるのが苦しくてつらかった。

✿子供はまだかと脅迫する世間

前述の、母親になったことを後悔していると言いきる彼女らは、母になって良かったことは一つだけだと声を揃える。

——まだ結婚しないの?

——子供はまだなの?

世間の絶え間ない質問から逃れられたのだけが唯一のメリットだと言う。

日本でも、結婚して子供を産んでこそ一人前であると、固く信じる昭和世代の多くがまだ存命であり、今も政治や会社を取り仕切っている。それどころか、若い男性の中でさえ、「既婚・子持ち」という平凡なことを過剰なほど自慢する人がいる。

いつだったか、アメリカの老夫婦にインタビューする番組を見たことがある。

——もう一度人生をやり直せるとしたら、子供を持ちますか?

その質問に対する答えに、「ノー」と答えた人が八〇パーセントに上った。画面に映っていたのは、いかにも豊かな老後を送っているといった感じの、海辺のリゾート地で過ごす白人の老夫婦たちだった。

欧米人の方が日本人よりも親子関係が密接だと聞く。アメリカでは週に何度も成人した子供と電話でおしゃべりを楽しみ、クリスマスだけでなく毎週末になると一緒に食事をすると聞いたこともある。日本では、盆も正月も子供が帰省しないと嘆く親もいるというのに。

子供を持って後悔していると言いきるのは、特別に優秀で将来を嘱望《しょくぼう》されていた女性ではない。子供の頃から特に夢や希望があったわけでもなく、そのうえ仕事でキャリアを積むことに憧れていたわけでもない。そんな女性たちが、「私には母親役は無理だ、重荷だ」と言っている。母親という役割を演じることに向いていない女性が実はたくさんいる。そのことは、独身の頃から薄々感じていたと彼女らは声を揃えるが、想像以上に世間の圧力は大きくて、しつこかったとも答えている。

——今はまだ若いからわからないだろうけどね、いつかきっと子供が欲しいと思うようになるのよ。女ってそういうものだもの。

——子供のいない人生は寂しいよ。

子供を産んだらどんな生活になるかは、子持ちの女を観察していれば、ある程度はわかるかもしれないが、子を持ってからの自分の心情の変化を想像するのは難しすぎる。だからこそ子育て経験者の「産まなかったら後悔するよ」に脅されてしまう。

——老後は誰に面倒みてもらうの？

この言葉ひとつを取ってみても、脅し以外の何物でもない。現実を見れば、子供に生活費の面倒をみてもらっている年寄りがどれくらいの割合でいるというのだろう。私の周りでは聞いたことがないのだが。

求められてもいないのに他人にアドバイスをしたがる人がいる。それも年上というだけで、「私にはあなたの未来が見える、あなたのことくらいわかっている」という傲慢さが世の中には溢れている。「あなたがどうすべきか」を当事者よりもよく知っていると考えている不思議な人々だ。実際、六十代の私に説教したがる七十代、八十代の人間がいる。

私にも子供時代があった。子供は保守的な動物だ。子供の立場からすると、母親にはいつも笑顔で機嫌よくいてほしいものだ。いわゆる「一家の太陽」というやつだ。

友だちが遊びにきたときは、お茶やお菓子を振る舞ってくれて、友だちからも慕われるような「人生の先輩」であってほしい。しかしほとんどの母親は、そんな高度な役回りを演じられない。そして罪悪感に苛まれる。

そのうえ舅姑から見て「いい嫁が来てくれたから○○家は安泰だ」などと思わせる女性になろうとすれば、「自分らしさ」を殺さなければならないことがほとんどだろう。

前述の本の中で最も驚いたのは、彼女らが次のように言いきることだった。

――子育てにかかわった期間は何の意味もない時間だった。

彼女らの心中をじっくりと考えてみた結果、初めて気づいたことがあった。

子供が食べこぼした床を拭き、大量の洗濯物を干し、哺乳瓶の熱湯消毒をし……。つまり、子育てといいながら、そのほとんどの時間を体力のいる家事に奪われている。そんな息をもつけない倒れそうになる生活の中で、子供とじっくり向き合う時間がいったいどれくらいあるだろうか。「子育て」ではなくて「下働き」なのだ。乳母や家政婦を雇えるお金持ちや、実家の母親に手伝ってもらえる場合は別として。

人生の貴重な時間は二度と帰ってこない。それも、二十代三十代という、アタマや体が最も充実した時期なのである。

✤子ガチャ

いつだったか、三十代独身のY子に質問されたことがある。

——職場では昼休みになると、五十代の女の人たちの不満ばかり聞かされるんです。仕事を終えて家に帰っても山のような家事が待っていてウンザリするだとか、子供が全然勉強しなくて誰に似たんだかバカでイヤになるとか、塾代や大学の学費が高くて、お金がいくらあっても足りないだとか、夫が家事に協力的でないとか、もうさんざん私に愚痴るんですよ。それなのに、「あなたも早く結婚しないとダメよ」だとか、「子供を産むのは年齢制限があるんだから早くしないとね」って言うんです。彼女らの話を聞いていると、独身の方がよっぽど楽しいと思うんです。

時間もお金もない生活なんて、いったい何が楽しいんでしょうか。私は浪費家じゃありませんけど、いくらなんでもあそこまでは節約したくないし、休日にはのんびり美術館に行ったり、食べ歩きも楽しみたいんです。そんなささやかな楽しみさえなくなると思うと、結婚する気が失せるんですけどね。どう思われます？　私、間違ってますか？

そして、Y子はなおも言った。

「親ガチャという言葉が流行ってますけどね、私は子ガチャだと思うんです」

親ガチャというのは、子供は親を選べない運命であることを、カプセルトイやソーシャルゲームの「ガチャ」に譬《たと》えた言葉だ。親の経済力や家庭環境によって、子供の人生が大きく左右され、「外れクジを引いた」などと言う。

「自分の子供たちがみんな優しくてしっかりした人間に育つのならいいけど、無差別連続殺人犯みたいなパブリックエネミーになったりすることもありますよね？　そこまでいかなくても引きこもりとか」

拙著『定年オヤジ改造計画』では母性神話について書いたのだが、Y子の素朴すぎる疑問をきっかけに、私の脳内にはもうひとつの神話があることに気づいた。

――子供を育てることによって、自分も成長する。

大学生の頃、「子供を持って一人前」と耳にするたびウンザリした記憶がある。当時は今とは違い、街中や電車内で図々しいオバサンや非常識極まりないオジサンを見かけることがやたらと多かった。あのオバサンたちにも子供がいるみたいだが、人間として成長した姿と言えるのだろうかと、不思議に感じていた。

この世は思った以上に洗脳で溢れているらしい。

LGBTという言葉を知らない人は少なくなったが、まだまだ多様性を認めない社会がある。母親になりたい人、なりたくない人、なったけれど後悔している人、そんな様々な思いを抱く人がいて当然なのに、それが許されてこなかった。

今まさに世界は大きな流れの中にある。人生の選択肢が増えて、個人が自由や快適さを求めることが許される良い時代になってきた。だからこそ先進国の出生率が低下しているのだろうけれど。

今後も日本は少子化が進むことが決定している。出産可能年齢の女性人口が既に激減しているからだ。このままいけば、何世代か先には地球上から日本民族が消える。

いったいどんな未来がやって来るのか。

そのとき日本には誰が住んでいるのか。

国土はどうなってるのか。

✤もっと言いたいこと言って喧嘩しよう

先日、某出版社を訪れたとき、雑談する中で、ある男性編集者が言った。

――妻の父親に、子供はまだかと何度もせっつかれてイヤだった。

今では二児の父親となったが、話の前後から勝手に想像するに、不妊治療をしていた時期があり、彼の方に子供ができにくい原因があったと思われた。

その男性編集者とは初対面だったこともあって、遠慮して口には出さなかったのだが、義父といえども、「子供はまだか」などと問うべきではないと思った。デリケートな事柄であり、男性に対するセクシュアルハラスメントであり、義父という上の立場からのパワーハラスメントでもある。

とはいえ、私だって決して人のことは言えないのだった。今までの人生、言いたいことなどほとんど言えずに生きてきた。

私たちは日頃からあらゆることに気を遣い、我慢を重ねている。自分が傷つけられているのに、自分を傷つけた相手を気遣ったりしている。その結果ストレスが溜まりまくる。お人好しもいい加減にしろ、バカじゃないのかと自分に突っ込みを入れたくなる。

そういった場面が私自身の日常にも数えきれないほどあったが、五十代後半くらいから徐々に考え方が変わってきた。

——陰で言ってたって埒が明かないじゃないの。

不満を訴える友人知人に向かって、「本人にはっきり言いなさいよ」と言うことが増えた。「なんなら私が言ってあげようか」と言うこともある。

私自身が老い先短いと意識し始め、「人間みんなどうせ死ぬのに、言えないまま人生終わってどうするのだ」と思うようになった。

——相手に悪気はないんだし。

——親切で言ってくれてるんだし。

——本当はいい人なんだから。

いやいや、そういう問題じゃないんですよ。

みんな悪気なんかないんですってば!

最近は心理学的な読み物が増えてきて、よく売れているようだ。それらに共通して書かれていることがある。嫌なことを言われたときやされたときに、「私は傷ついている」、「私は不快である」と表明するだけでよいのだと。

つまり主語を「私」にし、「私は~である」という言い方に徹するべきであって、「あなたのここが悪い」、「あなたの考え方や行動は間違っている」などと、「あなた」を主語にして非難しない方がいいというものだ。ましてや、自分がどんなに嫌な気持ちになったかを相手に知らしめ、懲らしめてやろうなどと思うのはよくない。ただ単に自分の身を守るために、あっさりと「私は〜」と言うべきなのだと書かれている。

——言わぬが花。

そういう家庭で私は育った。特に父親が徹底していたように思う。だからいつも言いたいことも言わずに我慢して生きてきた側面が大きい。それが高じて、言うべきときにも逡巡して黙ってしまい、相手に不審に思われることがいまだにある。

その一方で、我慢できずに機関銃のように言葉が出てしまうこともある。前述の整形外科医院のような公的な空間では、なぜか理路整然と話すことができる。だが、プライベートな場面や相手が同年輩や年下の場合は、妙に遠慮してしまい、うまく意思疎通ができないことが多いのだった。

とはいうものの、人間誰しも両面ある。私自身も、人が嫌がることを気づかないうちに言ってしまっていることだって、きっとたくさんある。

——そういう言い方、傷つくよ。やめてちょうだい。

これは、数年に一度くらいの割合で娘から言われることだ。

素晴らしいと思う。本当にありがたいと思う。私も親にそれが言えていたなら、どんなに良かっただろうと思うのだ。

私自身は「言ってほしいタイプ」の人間だ。

——良薬は口に苦し。

そういう言葉もある。ほとんどの場合、良かれと思って言ったことでも、図星を衝《つ》いている場合は恨まれることが多い。それを何度も経験すると、またしても貝のように黙り込むようになる。

私が今まで友人知人親族に言ったお節介は、ＩＴ関連のことがほとんどだ。

——ガラケーからスマホに替えたら、すごく便利だよ。

——電車の切符を毎回買うよりもＳｕｉｃａだとすぐ改札を通れるから楽だよ。

——足腰悪くして歩くのが大変になるかもしれないから、ネットで予約したり買ったりする方法を覚えた方がいいよ。

すべてが余計なお世話であるらしく、友人のほとんどが反発した。

——メールと電話しかしないから私はガラケーで十分なの。

——最近は電車なんて滅多に乗らないからＩＣカードは必要ないの。

そう言われると、またしても私は黙り込む。こういった会話に関してだけは抜群の記憶力があるので、誰がどう言ったかを覚えていて、二度とその人には言わなくなる。

中高年の知人の中には、どんどん時代に取り残されていくようで不安だと言う人や、「同年代でも自由自在にパソコンを駆使している人がいるのに私は使えない」と嘆く人がいる。ネット関連の得手不得手は、学生時代の優劣と関係ない面が大いにあるので、特に優等生だった自負がある人は傷ついているようだ。

それがわかっていながら、求められてもいないのに友人にアドバイスするのは、逆の立場なら言ってほしいと思うし、言われた瞬間は嫌な気持ちになっても、あとになって反芻《はんすう》した結果、「あの人の言う通りかも」と考え直すことがあるからだ。

人生論的な押しつけなら内容によるが、暮らしに便利なことならどんどん教えてよ、と思う。現に最近になって「もっと早くスマホに替えていればよかった。あなたの言う通りだったわ」などと言われたばかりだ。

人間関係は難しく、学生時代の友人ともざっくばらんには話せなくなった。卒業してから四十年も経ち、それぞれ暮らしの環境は大きく異なり、話が合わなくなった。それぞれの経済状況が暮らしぶりだけでなく考え方にも大きく影響しているし、親子関係の良し悪しや、子供の学歴や就職先、舅姑との関わりなど、自分自身以外のことでも差が大きくなる。何気なく言ったことを自慢だと捉えられてしまうこともある。

ここにきて、友人関係はゼロか百かではなく、三割か五割くらいの共感があれば、それでいいと思うようになった。細く長くつき合っていくのを良しとするならば、緩《ゆる》いつき合いの方がいい。

このところ立て続けにアメリカのテレビドラマを見たからなのかもしれない。映像の中の彼らは、親や子供やきょうだいや配偶者に向かって、自分の気持ちを根気よく説明するのだった。それも一大決心して「今日こそ言おう」というのではない。日常的に吐露するのである。これはドラマなんだし、架空の物語だからだと思いたかった。脚本家の性質や考え方からそういった台詞回しになっているのだろうと。

だが日本の映画やドラマで、こういった傾向のものを少なくとも私は見たことがない。やはりそこには以心伝心を相手に期待して黙ったままでいる国民性があるのではないか。

仕切りは襖だけという家に何世代も同居した時代があった。日常的に家族の一挙手一投足が視界に入る暮らしだ。プライバシーという概念もないから、他人の家のことまでよく知っている。そんな生活だから「以心伝心」が通用していたのだろう。

だけど、それはとっくの昔に時代に合わなくなっている。

――男は黙ってサッポロビール。

そういったコマーシャルが昭和の時代に有名になった。

たとえ些細なことでも行き違いがあると感じたり、誤解されたくないと思ったときは、言葉を惜しまず説明しなければならないと、アメリカのテレビドラマは教えてくれる。

賃金の価格交渉

相手に言うべきか否か、という問題は、仕事にもつきまとう。

つい先日、某出版社から単発の仕事を依頼するメールが届いた。

——下準備として資料本を読み、何日も試行錯誤するのに、原稿料たったの一万円ですか？

メールを読んですぐにそう思った。

さらさらっと簡単に書ける、とでも思っておられるのでしょうか。どう計算しても、時給二百円くらいにしかならないんですけどね。それに、作家のようなフリーの仕事は、一回でも手を抜いたら一巻の終わりだと思っているので、毎回わたくし全力投球なんですよ。

そのうえ編集者からのメールの文面は、「夥しい数の作家がいる中で、今回は特別に無名のあなたに仕事を回してあげました」感がスゴかった。私が断るなどとは夢にも思っていないらしく、すみずみまで詳細を決定してから連絡してきた。「同じ内容の仕事でも、双葉社からは〇万円もいただいているんですけどね」と言おうかどうか迷った挙句、「多忙なためお引き受けできません」と無難な返信をした。

というのも、おカネのことばかり考えている作家だと思われたくなかったからだ。つい先日も、一方的に契約書を送ってきて、ハンコを押して返信するように言われた。そのとき私は、内容が納得できないので契約できないとはっきり言った。

——他の出版社では、契約書をPDFでメール送信してきて、「この内容でよければ正式な書類を郵送しますが、いかがですか？」と聞いてくださるんですが。

そうメールしたばかりだったこともあって、再びおカネのことは言いにくかった（いや、言っていいんだよ、言うべきなんだよ、ともう一人の自分が言うのだが）。

そのとき「多忙」を理由に断ったことは、優等生的返信だ、社会人としての常識だと思ったのだが、翌日になってみると、本当にそれでよかったのかと考え込んでしまった。

おカネのことを言うのは契約社会において当然の権利＆義務であって、決して恥ずかしいことではないというのが私の信条なのに、一瞬でも揺らいでしまった自分を恥じた。

霞を食って生きている人はいない。実際、大金持ちでもない限り、いや大金持ちこそボランティアでない限り、きちんと対価を求めるだろう。

私が断ったあと、あんな安い仕事をいったい誰に回したんだろう。その人は引き受けたんだろうかと気になった。「安すぎますよ」とはっきり言えなかった自分は、日本の「失われた三十年」やら「低賃金日本」の片棒を担いだことになるのではないかと、どんどん考えが飛躍していった。

ラジオに何度か出たことがあるが、どれもギャラは一万円だった。何を聞かれても大丈夫なように、対象となる著作をあらかじめ読んでおく。何冊も出すと内容を忘れていることがある。

そういった復習にかなりの時間を要し、当日まで緊張しっぱなしなので精神的エネルギーも使う。慣れない仕事だし、話すのが苦手だし、「あんなこと言わなきゃよかった」という後悔に苛まれて疲労し、本番の翌日から三日間は仕事ができない。そして預金通帳には源泉徴収後の九千円台の数字が並ぶ。

テレビに出たときは、隣に座っている芸能人のギャラはいくらなんだろうと聞いてみたくなった。政治家や作家や大学教授などは芸能人とは違い、「文化人枠」という扱いで「薄謝」しか出ないから、出演するための洋服を買ったら足が出る。

出版もテレビも、本当に風変わりな業界だと思う。連載するにしても、一枚いくらか提示してくれない出版社が多く、預金通帳に記載されたのを見て初めて知る。

こういった業界って他にもあるんでしょうか。IT関連の業界にはありえないのですが。カイゼンが必要ではないでしょうか。

——何歳まで生きるかわからないけれど、今後も節約すれば何とか暮らしていけそうだ。年金も少しは入るんだし。

などと、歳を取ったからこそ先々の目途が立つようになった。

その途端に強気に出るようになった私です。ええ、そうですとも。

業界の方々、お気を悪くされたらスミマセン。

いや、だからさ、謝る必要ないんだってば！

❖ 楽しい思い出を掘り起こして楽になろう

何年前だったか、『香川照之の昆虫すごいぜ！』という番組があるのを知った。

香川氏は、子供の頃から昆虫が好きなのだと言う。

――へえ、そうなんだ、この人、虫が好きなんだね。

他人事のようにそう思っていたが、最近になって私自身も昆虫好きだったことを突如として思い出した。半世紀もの長い間、すっかり忘却の彼方だった。

幼い頃、縁側に座って、庭でゆらりゆらりと飛んでいるオハグロトンボやイトトンボを眺めるのが大好きだった。透き通った羽を持つヒグラシは、その美しさだけでなく、カナカナカナと鳴く声にも魅了された。そしてカマキリの赤ちゃんの小さなサイズ、透き通るような緑色といったら、何時間眺めていても飽きないほどだった。

そういうこともあって、小学生の頃の夏休みの自由研究には毎年のように昆虫採集を選んだ。虫取り網はうまく使えなかったので、たいていの場合、素手で捕まえた。慣れていたからか簡単だった（オニヤンマだけは力が強くて手こずったが）。

だが、ある日のこと……。

――私は蝶々が嫌い。白い粉みたいなのが手にくっつくから気持ち悪い。

そう言った女の子がいた。虫を気持ち悪いと感じる人間がこの世の中にいることを初めて知り、ショックを受けたのを憶えている（ちなみにGは、東京に出てくるまで見たことがなかった）。

ヤモリを飼っている同級生もいた。彼女の家に遊びに行ったとき、網戸に引っかかった小さな虫を捕まえてはヤモリに食べさせてやっているのを見た。まるで犬か猫みたいに可愛がっている姿が新鮮だった。穏やかで控えめな性格の秀才だったが、のちに国連に勤め、今はニューヨーク在住だと聞いている。

そんなあれこれを、何十年もの間すっかり忘れていたのだが、昆虫の番組を知ったのがきっかけで、次から次へと幼い日々が蘇ってきた。

そんな折、心理学か何かの本に書いてあったことを、ふと思い出した。

——人間というものは、楽しかった思い出よりも嫌だったことを記憶に残しがちである。

それは確か、毒親について書かれていたページだったと思う。自分の親を毒親だと思う人が、男女ともに六割強にのぼるとあった。毒親というのは、過干渉や暴言や暴力などで子供を思い通りに支配しようとしたり、自分の都合を優先して子供を放ったらかしにする親のことだ。

先日、安倍晋三元首相が凶弾に倒れたときもそうだった。犯人の母親は新興宗教にのめり込み、生活費をも根こそぎ寄付してしまい、三人兄妹は子供の頃から悲惨な生活を強いられてきた。そんな家庭でなければ、犯人の人生は全く違ったものになっていただろうから、やはり親からの悪影響は計り知れないものがある。

こういった極端な例や虐待などは同情に余りあるが、その他の一般的な親のもとで育った場合はどうなのだろう。毒親と断じるほどではなくても、親から「あんなこと言われた」または「言ってくれなかった」、あるいは「どこにも遊びにつれていってくれなかった」「買ってもらえなかった」「助けてくれなかった」「大切に飼っていた猫を勝手に捨てられた」などと、昔を思い出しては悲しい気持ちになったり憤ったりする人は多いだろう。逆に、そういった嫌な思い出がひとつもない人なんて一人もいないのではないか。

——お前はダメなヤツだ、何をやらせても遅い、ドジだ、気が利かない、私の子供にしてはデキが悪い。弟の方が賢い。

そんなことを言われたら、自分を否定された、親に愛されていない、などと思うようになる。親に否定されたと思う気持ちは、たいていの場合、何歳になっても引きずり、自分に自信が持てない自己肯定感の低い人間ができあがる。

——男に生まれればよかったのに。女なんかに生まれたから役立たずのうえにカネばかりかかる。

私と同世代か、それ以上の女性の場合は、この類が圧倒的多数を占めるだろう。嫁入り道具を揃えるのに大金が必要で、それなのに女性には就職口がなく稼ぎがなかった時代の話だ。自ら選んで女に生まれたわけでもないのに、ことあるごとに親から責められる。そんな環境で、自分を不要な人間だと思い込まない方がおかしいくらいだ。

だが、ある年齢を過ぎたあたりから、親を赦《ゆる》す瞬間がふっと訪れる。

特段のきっかけがあったわけでもなく、ある日突然、親も未熟な一人の人間にすぎなかったことに気づく。すると、それまで親に対して抱いていた思い——親なんだから子供を大切にするのは当然だ、愛情を注いで当然だ、自分を犠牲にして子供を救うのは当然だ、子供が望むことをしてくれて当然だ——が、間違っていたことに思い至る。

それにしても、どうして子供はこれほどまでに親に多くのことを期待するのだろう。際限のない愛情を欲するからこそ、被害者意識が増大する。実際は、自分の老後に不安を覚えてまでも、子供の教育費を捻出する親が多いというのに。

子育て経験のある私でさえ、親としての自分のことは棚に上げ、長い間、実家の両親にこまごまと不満を抱いてきた。両親が私と同じ未熟な人間であり、年月を経た現在もさほど代わり映えしないといった当たり前のことに、長い間気づかなかった。

親は自分よりほんの二、三十年早く生まれてきただけであって、「素晴らしい人格者」であろうはずがない。特に私の親世代であれば、結婚年齢は総じて若かった。女性は二十代前半で、男性は二十代半ばから後半くらいで結婚する人が大多数を占めた時代だ。

人の親になったところで、相変わらず人間関係でストレスを溜め、仕事で悩み、おカネで悩み、日々迷走する。人の親になったからといって、いきなり悟りが開けるわけでもない。

特に私の親世代ともなれば、便利な家電製品も少なくて、コンビニどころかスーパーもない時代だったから、家事をこなすだけでも重労働だったはずだ。そのうえ、田舎ではほとんどの妻が家業を手伝うか、パートに出るか、内職に精を出すかして、朝から晩まで働き詰めだった。都会で見かける「サラリーマンの夫を持つ専業主婦」など、近所には数人しかいなかった。

✿家にプールがあるお嬢さま

小学校低学年の頃、姉の同級生に開業医の娘であるA子さんがいた。

家に大きなプールがあると聞き、泳ぐのが三度のメシより好きだった私は、夏休みのある日、姉に連れて行ってもらったことがある。

クリニックでさえ城下町特有のウナギの寝床と言われる家の造りになっていたから、彼女の家も間口が狭く、パッと見た感じは金持ちそうには見えなかった。

勝手口から中に入り、ずんずん奥へ進んでいく途中、当時の田舎では見たこともないハイカラな内装や、いくつもの大きなぬいぐるみに目を奪われた。

プールで泳がせてもらったあと、A子さんは私に言った。

――妹ちゃんは明日も学校のプールに行くんでしょ？　だったら水着が濡れてると困るだろうから、うちの脱水機にかけてあげる。

――ダッスイキ？　それ、何ですか？

私はそれまで、世の中に脱水機というものがあるのを知らなかった。

たぶん脱水機があるのは、町内でもA子さんの家だけだったのではないかと思う。というのも、私は近所中の家のことをよく知っていた。幼稚園に上がる前から小学校低学年まで、ほぼ毎日のように近所のどこかの家に上がり込んでいたからだ。

それは、仲の良い同級生のいる家だけでなく、子供がとっくに独立した年寄りだけの家だったり、子ナシの家だったりすることもあった。玄関で「遊びにきたよ」とひとこと言って、さっさと靴を脱いで遠慮なく上がり込むのだが、どの家のおばさんもニコニコと出迎えてくれ、内職の手を止めないまま私の話し相手になってくれた。そんな温かな情景を思い出すと、今とはまるで違う時代だったのだと思う。そんな光景は、とっくに田舎でも見られなくなった。

つまり、脱水機付きの洗濯機でさえ一般家庭には普及していなかったので、洗濯を干すのも天気予報とにらめっこしながらで、そのうえ絞り切れていない衣類を干すのは重労働だったに違いないと言いたかったのですよ、はい。

私が子供の頃の田舎女児の髪型といえば、ほとんどが刈り上げか肩までのおかっぱだったのに、A子さんだけは背中まであるロングヘアだった。

――私もみんなと同じように短くしたいんだけど、お母さんが絶対にダメだって許してくれないの。

最初聞いたときは、言っている意味がわからなかった。

あの当時、田舎の子供は男も女もなく、みんな単なる子供だった。野山を駆け回り、その一方でピアノを習いに行ったりもするのだが、どちらにせよ女児は「お嬢さん」ではなくて、「女の子供」以外の何者でもなかった。それなのに、子供のくせに女の子は常に小ぎれいで可愛らしくなければならないといった世界があることを初めて知り、私は衝撃を受けたのだった。

親も自分も赦《ゆる》そう

脱水機の普及に代表されるように、親世代が育った時代背景と自分たちのそれは大きく異なっている。

そもそも私の親世代は戦争を経験しているから、それまでの人生は平坦な道のりではなかったはずだ。そのうえ、家父長主義的な価値観の中で抑えつけられて生きてきたのだから、女性はもちろんのこと、「あまり男らしくない」男性の苦労も半端ではなかっただろう。

それらを考えただけでも、ものの見方や感じ方が、世代間で大きく異なっていて当然だとわかる。もっと言えば、理解し合えなくて当たり前だと思った方が、気持ちが楽になる。

私と私の子供世代にしても、戦争こそ挟んではいないが、日本の豊かさや便利さには雲泥の差がある。今の若い人々を、バブルを経験できなかった節約世代などと言う人もいるが、そもそも土台となっている豊かさが私の世代とは比べ物にならない。

外出先で喉が渇いたからと言っては気軽にペットボトルの水を買い、雨が降ったからと言ってはコンビニに飛び込んでビニール傘を買うなんて、私の子供時代には考えられなかった。もちろんペットボトルもビニール傘もなかった時代だが、あったとしても絶対に買わなかった。ましてや何万円もするゲーム機やスマートフォンまで買い与えられているのだ。

たまには過去を掘り起こしてみるのも大切だ。親世代の心情を探ってみることで、自分自身が救われるからだ。

——親にあんなこと言われた。

これは、親の期待の裏返しだったのではないか。もっと立派になってほしい、もっと頑張ってほしいと思うのは親心だ。それは子供にとって重荷かもしれないが、子供のためを思って言っている場合がほとんどではなかったか。

——どこにも遊びにつれていってくれなかった。

「レジャー」などという外来語が流行り始めたばかりだった。交通機関が発達した都会ではいざ知らず、田舎では出かけようと思えば泊まりがけの大ごとになることも多いし、それ以前に、みんな稼いで生きていくのに精いっぱいで、今と違って情報の少ない時代だったこともあり、旅行や趣味を楽しむといった悠長な大人など私の周りにはいなかった。

それでも子供を養うために懸命に働かなければならなかった。きっと忙しくて倒れそうな日々だったに違いない。戦前生まれの人は根性があるのか、実家の両親が「疲れた」と言うのを私は一度たりとも聞いたことがない。私などは、日に何度も幼い子供らの前で言ってしまっていたというのに、嗚呼。

——買ってもらえなかった、助けてくれなかった。

昭和三十年代、四十年代は、日本全体が貧乏だった。家計にも時間にも余裕がなく、子供にまで目が届かなかった時代だ。ましてや親世代が子供の頃は、多くのきょうだいがいて、そのうえ近所の年上の子供たちが助けてくれることも多かった。つまり親自身が子供だった頃は、自分の親が子供一人一人に目を配ってくれなくても生きてこられた。人は無意識のうちに、自分の親を子育ての手本とするから、仕方のないことだったのだと思う。

——大切に飼っていた猫（または鳥または犬）を勝手に捨てられた。

小動物を捨てられた恨みを持つ人もいるし、こういった恨みは、他の恨みより深いことは想像に難くない。だが、日々の生活に追われ、子供が拾ってきた動物の世話をする余裕など、親にはもともとなかったのではないか。

子供を愛せない瞬間があるとすれば、親自身が心身を病みそうなほど、経済的または体力的または精神的な崖っぷちに立っているときだと思う。

こうやってひとつひとつ思い出していくことで親を赦し、親に対する自分の心ない言葉や行動をも私は自分で赦すことにした。そして、自分が親になってからの子供に対するひどい言葉や行いも、赦されていいのではないかと考えるようになった。

親は誰しもその時々で「精いっぱい」だったのだ。

両親は私に多くを与えてくれたと今なら思う。

過去を掘り起こすことで、私が得たものは大きかった。気持ちが突然明るくなったのだ。もともと暗い性格である分、その落差は大きかった。まるで生まれ変わったようなのである。

思えば、テレビの家族ドラマに想像以上に影響を受けていたように思う。父親役で頻繁に登場した俳優の山村聰こそ理想的な父親であり、父親とはあのようにあるべきだと思っていた。

――威厳があって懐の深い父親と、お茶目な面もある優しくて美人の母親。

山村聰が演じる父親は会社の重役で、会社から帰宅後はスーツから和服に着替えて書斎で本を読んでいる。そんなシーンが頻繁に登場した。

は? 和服でございますか。いったい、どんだけ時間の余裕があるの?

どうせまたパジャマに着替えなきゃなんないのに面倒くさくないですか?

あなたみたいな父親が日本に本当にいたんでしょうか。

うちの父みたいに、仕事が終わればシャツとズボンを脱いで、ステテコとグンゼのシャツ姿になっただけの方がよっぽど楽ちんだし効率的ですけどね、と今なら思う。

母親役といえば池内淳子だとか渡辺美佐子で、自分のことは後回しで家族のためだけに人生を捧げるといった良妻賢母の役回りばかりだった。

はっきり申しまして、幸せを絵に描いたようなドラマは、庶民にとって迷惑千万です!

あとがき

去年の今頃、私は何をしていたのだろう。

十年前の私は、どんなことを考えていたんだろう。

ふとそう思ったとき、Ａｍａｚｏｎを検索することがある。そうすると、その年に自分がどんな本を書いていたかわかるので、その当時の暮らし方や考えていたことを断片的に思い出すことができる。そういう意味では、小説家というのは便利な職業だ。

そして今回はエッセイを書くことで、自分の来し方をじっくり振り返ることができた。

「人生は走馬灯のように」という古い歌詞のように、人生なんてあっという間だと、五十歳になった頃から実感するようになった。だが、その「あっという間」の中に、実は走馬灯に映し出される色とりどりの絵のごとく、たくさんの喜怒哀楽があり、今まで生きてきた年月が実際は長かったのだとエッセイは教えてくれた。

書き始めた当初は、雑誌に掲載されるたび神経が削られていく思いがした。執筆の過程で当時の情景や空気感を思い出し、悲しくなったり嬉しくなったりを繰り返したからだ。

そのうえ、ごく私的な内容なのに、それらを誌面に載せることにも大きな抵抗を感じた。これが誰にも読まれない日記ならいいのだが、いつの日か刊行されると想像しただけで空恐ろしくなったりもした。

エッセイという怪物は小説とは似て非なるもので、性格や能力にもよると思うが、少なくとも私にとっては小説の何倍も大変な精神労働だった。途中でそのことに気づいたとき、この仕事を引き受けたことを後悔しそうになった。

だがその一方で題材に困ることは一度もなく、それどころか次から次へと書きたいことが胸に溢れてきて、いくら汲めども枯渇しない泉のようだった。

そしてそのうち、エッセイは「あなたはいつだって精一杯頑張ってやってきたよ」と言ってくれている気がして、いつの間にか自分を慰める役割を負っていることに気づいた。たぶん、そうやって無理やり自分を正当化しなければ、生きていくのが苦しくなるのだろうと思う。

冒頭の「『お金ならいくらでもあるの』と語った彼女」の中に、節約癖がいまだに抜けず、ついつい安い方のポンカンを買ってしまうことを書いた。

長年の習性とは恐ろしいもので、なかなかそこから抜け出せない。

——お母さんはもう自分のことだけ考えればいいんだよ。子供にお金を遺《のこ》そうなんて余計なこと考えなくていいんだからね。

これは娘に口を酸っぱくして言われる言葉だが、気づけば常に家族を優先し、自分のことは後回しになってしまっている。

そんな生活にどっぷり浸かった三十数年を振りきるのには、それと同じくらいの年月がかかるのだろうか。だとしたら、長生きせねばならない。

気紛れで遊牧民的な本来の自分を取り戻し、風の吹くまま気の向くままに暮らせるようになるまでは、死ぬに死ねない気持ちになってくる。

若い頃は、定年退職した人々を見て、ずいぶんとお気楽だなあ、旅行や趣味を楽しんでいて羨ましいなあと思っていた。

エッセイの中でも、「キョウヨウ（今日用）とキョウイク（今日行く）」について触れた。それを初めて聞いた二十年ほど前は、仕事と家事で目の回るような暮らしをしていたから、わざわざ用を作って出かけるなんて悠長な生活だと思ったものだ。

それなのに、実際にその年齢になってみると、思っていたほどバラ色ではなかった。周りの友人知人を見渡してみても、能天気な六十代はいない。いつの間にか、若い頃のような溌剌とした笑顔を見せる人がいなくなった。

暇ができると、よせばいいのについつい自分の心の奥を覗き込んでみたりする。過去を振り返ることで後悔に打ちひしがれ、悩んだところで取り返しがつくわけでもないのに、いつまでもくよくよする。

そのうえ、どういった脳のカラクリなのか知らないが、若い頃より傷つきやすくなっているから手に負えない。歳を取るごとに傷ついた経験が積み重なっていき、相手の表情や言葉から本心を読み取ろうとするのが習い性となった。すると自分の発言が相手を傷つけていないか常に不安になる。だから人と話した後は疲労が滲む。

それにしても、キョウヨウと言わねばならないほど、自分を鼓舞して楽しい気分になるよう日々工夫しないと、ふとした瞬間に気分が落ち込みそうになるのが老齢の日々だとは想像もしていなかった。

どうやら私の人生というのは壮大な暇つぶしであって、暇をつぶせないと困ったことになるらしい。

最後に――。

こんな私的な話を誰が読むんだろう、誰が面白いと思ってくれるのだろうと思うたび、何度も尻込みしそうになりました。そんなとき、編集者の平野優佳さんが「面白い！」と言って励ましてくださったお陰で、ようやく一冊の本になりました。

心からの感謝を申し上げます。

二〇二三年　早春

垣谷美雨

初出　「小説推理」二〇二〇年五月号～二〇二一年十一月号

垣谷美雨●かきや　みう

1959年兵庫県生まれ。明治大学文学部卒業。2005年「竜巻ガール」で、第27回小説推理新人賞を受賞。著書に『リセット』『夫のカノジョ』『結婚相手は抽選で』『あなたの人生、片づけます』『姑の遺品整理は、迷惑です』『老後の資金がありません』『夫の墓には入りません』『もう別れてもいいですか』『代理母、はじめました』など多数。

行《い》きつ戻《もど》りつ死《し》ぬまで思案中《しあんちゅう》

2023年 4月22日　第1刷発行
2023年 6月19日　第5刷発行

著　者―― 垣谷美雨《かきやみう》

発行者―― 島野浩二

発行所―― 株式会社双葉社
東京都新宿区東五軒町3-28　郵便番号162-8540
電話03(5261)4818〔営業部〕
03(6388)9819〔編集部〕
http://www.futabasha.co.jp/
（双葉社の書籍・コミック・ムックが買えます）

DTP製版―株式会社ビーワークス

印刷所―― 大日本印刷株式会社

製本所―― 株式会社若林製本工場

カバー印刷―― 株式会社大熊整美堂

ISBN978-4-575-31792-3 C0095

あなたの人生、片づけます

垣谷美雨

「部屋を片づけられない人間は、心に問題がある」と考えている片づけ屋・大庭十萬里は、原因を探りながら汚部屋を綺麗に甦らせていく。

文庫判

姑の遺品整理は、迷惑です

垣谷美雨

捨てても捨ててもなくならない、とんでもない量の姑の遺品にイライラが爆発！　誰もが直面する〝人生の後始末〟をユーモラスに描く長編小説。

文庫判